VOM DRACHEN GESCHÄTZT

Die Stonefire-Drachen

Buch 13

JESSIE DONOVAN

Mythical Lake Press, LLC

Impressum

Dies ist eine erfundene Geschichte. Namen, Charaktere, Orte und Vorfälle sind entweder ein Fantasieprodukt der Autorin oder werden fiktional verwendet. Jegliche Ähnlichkeit mit Personen, ob lebend oder tot, Firmen, Ereignissen oder Orten ist rein zufällig.

Vom Drachen geschätzt
Englisches Copyright © 2020 Laura Hoak-Kagey
Deutsches Copyright © 2025 Laura Hoak-Kagey
Deutsche Übersetzung von Anna Drago und Katrin Dolle.
Mythical Lake Press, LLC
www.JessieDonovan.com

Cover-Art von Laura Hoak-Kagey von Mythical Lake Design

ISBN: 9798891560901

Die **Stonefire Drachen** und **Lochguard Highland Drachen** Serien sind miteinander verflochten. Da so viele Leser nach der Lesereihenfolge fragen, habe ich sie in dieses Buch aufgenommen. (Diese Liste gilt ab April 2026.)

Dem Drachen geopfert (Stonefire Drachen #1)
Den Drachen verführen (Stonefire Drachen #2)
Die Drachen offenbaren (Stonefire Drachen #3)
Den Drachen heilen (Stonefire Drachen #4)
Den Drachen wiedererwecken (Stonefire Drachen #5)
Das Dilemma des Drachen (Lochguard Highland Drachen #1)
Vom Drachen geliebt (Stonefire Drachen #6)
Der Drachenwächter (Lochguard Highland Drachen #2)
Dem Drachen ergeben (Stonefire Drachen #7)
Das Drachenherz (Lochguard Highland Drachen #3)
Vom Drachen geheilt (Stonefire Drachen #8)
Der Drachenkrieger (Lochguard Highland Drachen #4)
Dem Drachen helfen (Stonefire Drachen #9)
Den Drachen finden (Stonefire Drachen #10)
Vom Drachen ersehnt (Stonefire Drachen #11)
Die Drachenfamilie (Lochguard Highland Drachen #5)
Skyhunter gewinnen (Stonefire Drachen Universum #1)
Die Entdeckung des Drachen (Lochguard Highland Drachen #6)
Snowridge Verwandeln (Stonefire Drachen Universum #2)

Kapitel Eins

Dawn Chadwick tat ihr Bestes, zu fahren und zur Musik aus dem Autoradio mitzusingen, ohne an ihr Ziel für den Abend zu denken – das Gebiet eines Drachenwandler-Clans.

Ein kurzer Blick zu ihrer elfjährigen Tochter, die sang, dabei mit dem Kopf zur Musik wippte und seltsame Handbewegungen machte, erinnerte sie daran, warum Dawn zum Clan Stonefire im Lake District fuhr. Daisy sollte die Hauptrolle in einem Theaterstück spielen, in dem sowohl menschliche als auch Drachenwandler-Kinder auftraten.

Es war nicht das erste Mal, dass ihre Tochter in Stonefire war. Nein, Anfang des Jahres hatte ihre Klasse einen Ausflug gemacht und später an einer Art Sommercamp teilgenommen. Als Dawn das erste Mal die Erlaubnis unterschrieben hatte, war das für sie am schwersten gewesen. Doch am Ende hatte sie entschieden, dass es besser war, ihre Tochter direkt mit den Drachenwandlern in

Kontakt zu bringen, anstatt sich auf Hörensagen zu verlassen, wie sie es ihr ganzes Leben lang getan hatte.

Und seit Daisy von ihrem ersten Ausflug nach Stonefire zurückgekehrt war, hatte sie unaufhörlich von den Drachenwandlern und einem neuen Freund gesprochen, den sie unter ihnen gefunden hatte. Zugegeben, Daisy hatte während ihres Besuchs ein wenig Unfug getrieben – sie hatte sich mit besagtem neuen Freund davongeschlichen, um einen Stonefire-Teenager in seiner Drachengestalt zu sehen –, aber ihre Tochter neigte dazu, gelegentlich in Schwierigkeiten zu geraten. Und Daisy versuchte wirklich, sich zu bessern, auch wenn ihre hyperaktive Energie es ihr manchmal erschwerte, die vollen Konsequenzen ihrer Handlungen zu durchdenken.

Für Daisy brauchte man unendlich viel Geduld – und noch mehr Liebe. Manche Eltern konnten mit Kindern wie ihrer Tochter nicht umgehen, wie ihr Ex-Mann, Daisys Vater, der gegangen war, anstatt sich der Herausforderung zu stellen.

Dieser Bastard!

Nein. Heute Abend geht es nur um Daisy. Nichts anderes zählt.

Das Lied endete, und Daisy hüpfte auf ihrem Sitz. „Ich darf ja nicht nochmal fragen, ob wir bald da sind, weil du sonst umdrehst und zurück nach Manchester fährst, aber wie oft können wir das Lied noch hören, bis wir da sind?"

Dawn musste unwillkürlich lächeln. Daisy war

wirklich erfinderisch, wenn es darum ging, Schlupflöcher zu finden. „Kein einziges Mal mehr. Sieh nach vorn. Siehst du die kleinen Lichter da in der Ferne? Laut Navi sollten das die Vordertore von Stonefire sein."

Daisy lehnte sich vor. „Es ist so anders im Dunkeln. Im Sommercamp sind wir nachts nicht herumgefahren. Ob sie Fackeln aufgestellt haben oder Lichter, die die Farben wechseln, oder so was, um uns zu begrüßen? Das wäre viel besser als die üblichen, langweiligen Lichter."

Dawn lachte. „Wahrscheinlich nicht. Immerhin müssen sie die besonderen Sachen für das Theaterstück aufsparen, oder?"

Daisy lehnte sich in ihrem Sitz zurück und tippte mit den Händen auf ihre Beine. „Stimmt. Und du wirst Mr. Whitby mit den Spezialeffekten helfen. Er ist ein bisschen schüchtern, also sei vielleicht nicht zu streng. Oder ernst. Du bringst mich immer zum Kichern, vielleicht kannst du auch Mr. Whitby zum Kichern bringen."

Dawn biss sich eine Sekunde auf die Lippe, bevor sie antwortete: „Ich glaube nicht, dass Drachenmänner kichern."

„Doch, ich bin sicher, dass sie's tun. Freddie hat's schon mal gemacht, auch wenn er sagt, dass nicht. Sie sind wirklich wie wir, Mum. Also musst du keine Angst haben. Niemand wird dich auffressen oder so. Sie sind nett."

Durch Daisys Begeisterung war Dawn bereit, ihnen eine Chance zu geben. Dennoch wäre es für jemanden wie sie, der noch nie mit einem Drachenwandler zusammen gewesen war, ein wenig seltsam, jemanden mit blitzenden Drachenaugen zu sehen. „Ich werde es versuchen, Daisy, wie ich gesagt habe. Denk nur daran, dass du mehr Zeit mit den Drachen verbracht hast als ich. Ich brauche auch ein bisschen Zeit, um sie kennenzulernen."

Daisy hüpfte ein wenig. „So viele von ihnen werden heute Abend da sein! Du wirst alle treffen. Mr. MacLeod, Bram und sogar Kai, den Sicherheits-Typen, der so tut, als würde er nie lächeln. Aber ich hab' ihn einmal dazu gebracht. Also lächelt er *doch*, aber nur, wenn man wirklich was Besonderes ist."

„Dann werde ich versuchen, wirklich besonders zu sein." Sie bog um eine Kurve und keuchte beim Anblick des riesigen Metalltors, das von großen Flammenfackeln auf jeder Seite beleuchtet wurde. Das Wort „Stonefire" stand in Metallbuchstaben darübergeschrieben.

Daisy klatschte in die Hände. „Siehst du? Sie mögen Fackeln! Vielleicht hat jemand gehört, wie ich danach gefragt habe, und hat sie aufgestellt. Ich kann auch noch andere Vorschläge machen. Wenn ich nicht all meine Texte auswendig lernen müsste, würde ich versuchen, mir was für Bram einfallen zu lassen. Aber die Texte werden schon schwer genug sein."

Dawn hielt vor dem Tor an. „Keine Sorge, Daisy-Schatz. Du hast dich so sehr bemüht und ständig geübt. Ich weiß, dass du das gut machen wirst."

Bevor ihre Tochter antworten konnte, öffnete sich das Tor, und eine Stimme aus einem Lautsprecher sagte: „Kommen Sie rein, und fahren Sie die Erste links. Parken Sie vor dem großen Gebäude dort."

Daisy klatschte in die Hände. „Das ist das Beschützergebäude. Das ist ihr schickes Wort für Sicherheit. Vielleicht triffst du Kai, den ernsten Drachenmann. Er ist groß und sieht gut aus, aber er hat schon eine Gefährtin. Also darfst du dich nicht in ihn verlieben, Mum. Das würde seiner Gefährtin gar nicht gefallen."

Sie räusperte sich und warf einen Blick auf ihre Tochter. „Ich werde es versuchen."

Ihrer Tochter entging Dawns Sarkasmus völlig. „Gut. Ooh, da ist er! Steht direkt vor dem Gebäude! Sieh dir seine Muskeln an, Mum! Er muss gar nicht in seiner Drachengestalt sein, um jemanden in zwei Hälften zu zerreißen!"

„Daisy Mae, man bricht niemanden einfach so in zwei Stücke."

Sie parkte das Auto, schaltete die Zündung aus und nahm sanft Daisys Handgelenk, um sie davon abzuhalten, aus dem Auto zu stürmen. „Und jetzt denk dran, dass heute Abend etwas Besonderes ist. Jeder freut sich auf das Theaterstück, an dem ihr alle so hart gearbeitet habt. Du musst dich besonders brav benehmen, wie du versprochen hast, damit alles reibungslos läuft. Okay?"

„Ich weiß, Mum. Ich werde nicht weglaufen, versprochen."

Auch wenn ihre Tochter versuchte, Anweisungen zu befolgen, klappte das nicht immer.

Dennoch lächelte Dawn, ließ Daisys Handgelenk los und sagte: „Gut, denn du musst mich allen vorstellen, bevor du dich für das Stück fertig machen kannst. Ich wäre verloren, wenn du verschwindest."

Daisys Augen weiteten sich. „Das kann ich – alle vorstellen. Ich habe mir so viele Namen gemerkt. Und ich habe noch gar nicht alle kennengelernt, also kann ich sie vielleicht überraschen. Ja, das wird ein tolles Spiel! Zähl mit, okay, Mum? Mal sehen, wie viele ich richtig mache."

Sie schnaubte. „Ich werde mein Bestes tun. Jetzt wollen wir den Drachenmann mit dem durchdringenden Blick nicht warten lassen."

Daisy löste ihren Sicherheitsgurt und war aus dem Auto, bevor Dawn auch nur blinzeln konnte. Schnell folgte sie ihr und holte ihre Tochter ein, die bereits vor dem Mann stand, den sie Kai genannt hatte.

Er war ziemlich groß, überragte Dawn um mindestens fünfzehn Zentimeter und lächelte nicht. Seine Augen registrierten alles – nichts entging ihm. Sie konnte sich nicht vorstellen, wie jemand versuchen würde, ihn herauszufordern, wenn er so dreinblickte.

Der Drachenmann war definitiv etwas einschüchternd. Dawn hoffte, dass einige der anderen nicht ganz so wären, sonst würde das ein langer Abend für sie werden.

Sie bemühte sich, ihren Herzschlag zu beruhigen, zwang ein Lächeln hervor und sagte: „Hallo. Ich bin Dawn Chadwick, Daisys Mum."

Der Drachenmann grunzte. „Ich bin Kai. Folgen Sie mir. Ich bringe Sie in die große Halle, wo heute Abend alles stattfindet."

Er drehte sich um und ging davon, offensichtlich in der Erwartung, dass sie folgten. Daisy flüsterte laut: „Wir müssen mithalten. Komm, Mum."

Daisy nahm ihre Hand und zog, dass sie fast laufen musste. Dawn, die nie eine Läuferin gewesen war, hatte Mühe, Schritt zu halten.

So viel zum Plan, cool und gelassen zu wirken, wenn sie gleich einem ganzen Drachenclan gegenüberstand. Sie hoffte nur, dass sie verstanden, dass Daisys Mum zu sein bedeutete, immer aus dem Bauch heraus zu handeln.

BLAKE WHITBY SAH STIRNRUNZELND auf die leere Bühne, als kaum ein paar Rauchwölkchen aufstiegen. Es hätte mehr sein sollen, viel mehr, nach seinen Berechnungen.

Sein innerer Drache – die zweite Persönlichkeit in seinem Kopf – gähnte und meldete sich. *Es ist genug Qualm für ein Kindertheaterstück. Ich weiß gar nicht, warum du so viel Zeit damit verbringst.*

Du bist derjenige, der gesagt hat, wir müssen mehr

rauskommen. Das ist mein Versuch, auch wenn dein anderer Wunsch, eine Gefährtin zu finden, nicht passieren wird.

Es muss ja nicht heute Abend sein. Aber Basteln, Rechnen und der andere langweilige Mist, den du so magst, reichen mir nicht. Das kannst du gern tagsüber machen, aber nachts will ich Sex.

Blake seufzte innerlich. *Schon wieder das mit dem Sex? Erinnerst du dich nicht, was das letzte Mal passiert ist, als wir versucht haben, jemanden für dich zu finden?*

Sein Tier schnaubte. *Tu nicht so, als wäre das nur für mich, und so schlimm war es nicht. Du solltest dich freuen, denn am Ende habe ich ja sowieso keinen Sex bekommen.*

Richtig, red' dir nur ein, dass es nicht peinlich war.

Doch es war so schlimm gewesen. Die Frau hatte sich geweigert, irgendetwas zu tun, bis sie seine Drachengestalt sehen und ein Foto machen konnte.

Was Blake abgelehnt hatte.

Er war ein weißer Drache mit einem schwarzen Fleck, was extrem selten war. Fast wie ein Einhorn unter den Drachen, besonders da sein schwarzer Fleck eher schillernd als schlicht schwarz war.

Jede Frau – ganz zu schweigen von einigen Männern – wollte den Fleck sehen und anfassen, weil es Glück bringe oder um sich etwas zu wünschen.

Zugegeben, es war besser als früher, als ihn alle deswegen gehänselt und es einen Schmutzfleck genannt hatten.

Um sowohl der Aufmerksamkeit zu entgehen –

sowohl guter als auch schlechter –, zog Blake es vor, allein zu arbeiten und in einem kleinen Cottage außerhalb des Hauptwohngebiets von Stonefire zu leben.

Nur weil er gern Freiwilligenarbeit mit den Kindern an der Schule leistete, in der Hoffnung, sie für die Wissenschaften zu begeistern, war er schließlich bei dem Kindertheaterstück gelandet.

Was bedeutete, dass er es richtig machen musste. Besonders, da man ihn mit einer menschlichen Freiwilligen zusammengesteckt hatte, die wahrscheinlich überhaupt keine Hilfe wäre.

Sein Drache grunzte. *Hör auf, das Schlimmste anzunehmen. Bastel einfach an dem, was du brauchst, um mehr Qualm herauszubekommen, dann gibt uns das mehr Zeit, die menschlichen Frauen heute Abend unter die Lupe zu nehmen. Sie werden sich nicht um unseren Fleck scheren oder ihn anfassen wollen, weil es Glück bringt. Es kann einfach Sex sein, und noch mehr Sex, bis wir ohnmächtig werden.*

Mit einem Seufzer ging Blake zurück zu dem kleinen Bereich, der als seine Basis für die Steuerung der Spezialeffekte diente. *Wir können stattdessen morgen fliegen und jagen. Das magst du doch.*

Wenn wir noch mehr davon machen, werde ich bald zu dick zum Fliegen sein.

Ich will nicht mehr darüber reden. Jetzt sei still, damit ich das rechtzeitig fertigbekomme. Sonst enttäuschen wir die Kinder.

Da innere Drachen Kinder schätzten, war das eine Möglichkeit, sein Tier dazu zu bringen, nicht mehr über Gefährtinnen und Sex zu reden. *Na gut. Aber sobald das Stück vorbei ist, bin ich zurück.*

Blake bezweifelte, dass sein Drache so lange still bleiben würde, aber er widersprach nicht.

Er zog sich in den Raum zurück, der für die Steuerung der Spezialeffekte genutzt wurde. Während er die verschiedenen Einstellungen anpasste, verging die Zeit wie im Flug. Erst als Tristan MacLeods Stimme – er war einer der Lehrer, die für das Stück verantwortlich waren – aus dem Lautsprecher im Raum dröhnte, riss er sich los. „Blake, deine menschliche Freiwillige ist hier. Komm, sie in der großen Halle zu treffen."

Da das Lautsprechersystem in dem kleinen Raum nur in eine Richtung funktionierte, verließ Blake widerwillig seinen Computer und ging hinaus. Es war lange her, seit er einen erwachsenen Menschen getroffen hatte, der nicht mit einem seiner Clanmitglieder gepaart war. Manche von ihnen waren wahnsinnig scharf auf Drachenwandler. Auch wenn Blake nicht der fitteste der Männer in Stonefire war, flog auch er recht häufig und hatte genug Muskeln.

Nicht, dass es ihn kümmerte. Sie schienen unerwünschte menschliche Aufmerksamkeit anzuziehen.

Sein Drache grunzte. *Gut. Drachen mögen Aufmerksamkeit. Ich wünschte, du würdest das akzeptieren.*

Blake beschleunigte seine Schritte, bis er die kleine Tür erreichte, die in den größten Teil der großen Halle führte. Während er dort verharrte, suchte er die Menge nach dem kleinen Menschenmädchen namens Daisy ab – es war ihre Mutter, mit der er zusammenarbeiten sollte – und entdeckte schließlich ihr lockiges blondes Haar. Jemand stand vor der Erwachsenen bei ihr, aber derjenige trat endlich beiseite, und Blake hielt den Atem an.

Daisys Mutter hatte hübsches blondes Haar bis zum Kinn, ein Lächeln, das jeden trüben Tag erwärmen konnte, und ein wenig Erfahrung in ihrem Blick, die ihm sagte, dass sie kein hirnloser Teenager war, der auf eine schnelle Nummer aus war.

Sein Tier schnaubte. *Dann geh und sprich mit ihr.*

Die Worte seines Drachen rissen Blake aus seiner Trance. *Werde ich. Aber nur weil sie hübsch ist, bedeutet das gar nichts. Sie ist Daisys Mutter, und ich werde nicht riskieren, ihr wehzutun. Nicht, wenn dieses Menschenkind allen Drachenlehrern und Bram so wichtig zu sein scheint.*

Warum nimmst du an, dass wir ihr wehtun würden?

Ich habe keine Zeit für eine fertige Familie. Wir stehen kurz vor einem Durchbruch bei unserem neuesten Projekt, das dabei helfen wird, die Drachenwandler zu beschützen.

Es gibt keinen Grund, warum wir nicht alles tun können, sowohl die Arbeit als auch eine Familie. Ist ja nicht so, als könntest du vierundzwanzig Stunden am Tag arbeiten.

Da er keine Lust hatte, sich weiter im Kreis zu drehen, ignorierte Blake sein Tier, richtete sich auf und ging auf Daisy und ihre Mutter zu. Der beste Weg, alles zu beschleunigen, war, so zu tun, als hätte er die Menschen nicht gesehen. So würden sie ihn für distanziert halten und vielleicht davon absehen, ein Gespräch mit ihm anzufangen. Blake würde nicht unhöflich sein, aber er würde auch niemanden ermutigen.

Und so richtete er seinen Blick nur auf Freddie, einen der jungen männlichen Drachenwandler, und die Mutter des Jungen, während er auf sie zuging.

DAWN HATTE GERADE DAISYS besten Freund in Stonefire kennengelernt – einen Jungen namens Freddie Atherton –, als ein weiterer großer Drachenmann mit hellbraunem Haar, blasser Haut und haselnussbraunen Augen auf sie zumarschierte. Er sah direkt auf Freddie und sagte: „Wir müssen loslegen, sonst verzögert sich alles. Sind die Menscheneltern schon da?"

Dawn wollte gerade etwas sagen, als Freddie auf sie deutete. „Daisys Mum ist hier. Sie wird dir helfen."

Der Blick des Mannes folgte Freddies Finger zu ihr, und der Drachenmann blickte in Dawns Gesicht. Seine Augen waren neugierig und fokussiert, als wollte er sich ihre Züge merken. Dann blitzten seine Pupillen zu Schlitzen und wurden wieder rund, und Dawn konnte ein Keuchen nicht unterdrücken, als sie zurückstolperte.

Sie hatte noch nie wechselnde Pupillen gesehen, und sie nahmen wirklich eine reptilienartige Form an. Wenn sie sich richtig erinnerte, bedeutete das, dass die Drachenhälfte sprach, wann immer das geschah.

Ihre Tochter zog an ihrer Hand. „Hab' keine Angst, Mum. Das ist nur seine Drachenhälfte. Es ist wie sein bester Freund – der ist immer da, redet und gibt Ratschläge. Nicht immer gute Ratschläge, aber sie meinen es gut. Und Mr. Whitby ist wirklich nett. Er wird sich nicht verwandeln und dich in Stücke reißen."

Daisys Worte lenkten Mr. Whitbys Aufmerksamkeit auf sie, und er runzelte die Stirn. „Natürlich nicht. Niemand in Stonefire würde das tun, es sei denn, jemand verletzt oder tötet einen von uns."

Daisy nickte. „Siehst du? Du wirst klarkommen, Mum. Und Mr. Whitby ist brillant. Er hat ein paar spezielle Sachen für unser Stück gemacht. Musste er nicht, hat er aber. Also pass auf, du darfst nichts fallenlassen oder kaputtmachen."

Die Worte ihrer Tochter brachten Dawn zurück in die Gegenwart, und sie erklärte: „Daisy Mae, ich mache nichts kaputt."

„Manchmal schon. Du sagst, ich hab' das von dir. Das sagst du ständig, Mum. Weißt du noch?"

Dawns Wangen erhitzten sich. Es sollte wirklich egal sein, da sie den Drachenmann nur heute Abend sehen und dann nach Hause fahren würde. Aber trotzdem, niemand mochte es, wenn seine Fehler bei der ersten Gelegenheit der Welt verkündet wurden.

Dawn wollte ihre Wangen dazu bringen, wieder kühl zu werden, und räusperte sich. „Wir reden nach dem Stück darüber. Wirst du klarkommen, wenn ich Mr. Whitby helfe?"

Mr. Whitby ergriff das Wort, seine Stimme etwas ruhiger und sanfter als zuvor. „Nennen Sie mich Blake. Und sie wird klarkommen. Die große Halle ist einer der sichersten Orte im Clan."

Daisy trat von einem Fuß auf den anderen, was Dawn sagte, dass sie losgehen und Spaß mit ihrem Freund haben wollte. Nur weil ein ganzer Drachenclan heute Abend auf die menschlichen Kinder aufpasste, kommentierte sie das nicht und sprach auch keine weitere Ermahnung aus.

Daisy deutete zur Tür. „Geh, Mum. Ich seh' dich dann nach der Vorstellung."

Dawn tauschte einen Blick mit Freddies Mutter aus, Sasha, die in der Nähe stand – die Drachenfrau bestätigte mit einem Blick, dass sie ein Auge auf Daisy haben würde –, und nickte dann. „Okay. Gib heute Abend dein Bestes, Daisy. Ich werde alles filmen, um es jedem zu zeigen."

Sobald Daisy nickte, drehte sich Dawn endlich zu Blake. Er starrte sie an und musterte ihr Gesicht schon wieder, als sähe er es zum ersten Mal.

Sie hätte fast gefragt, ob sie etwas auf der Wange oder Nase hatte, entschied sich aber dagegen. Daisy hatte sie schon einmal blamiert, und sie musste nicht noch mehr dazu beitragen. „Was muss ich tun?"

Mit einem Grunzen drehte sich Blake um und

deutete auf eine Tür auf der anderen Seite des Raumes. „Folgen Sie mir, und wir legen los."

Alles in ihr drängte sie, sich umzudrehen und nachzusehen, ob mit Daisy alles in Ordnung war. Aber ihre Tochter war gestern elf geworden und kein Baby mehr. Dawn versuchte, ihr etwas mehr Verantwortung zu geben und Vertrauen entgegenzubringen.

Außerdem würde Freddies Mutter sich um sie kümmern. Sie hatten seit dem Drachencamp mehrmals telefoniert, und Sasha Atherton war wahrscheinlich das, was einer Freundin in Stonefire am nächsten kam.

Doch kurz bevor Dawn durch die Tür trat, warf sie einen verstohlenen Blick zurück und sah Daisy lachen. Der Anblick wärmte ihr Herz und gab ihr den Mut, ihre Tochter für eine kurze Weile in der Obhut anderer zu lassen.

Also trat sie durch die Tür, folgte Blake Whitby und wartete darauf, zu sehen, was sie den Abend über tun musste.

Kapitel Zwei

Blake schaffte es irgendwie, seine Emotionen im Zaum zu halten, während er Dawn durch die Tür in den Backstage-Bereich führte.

Sein Drache knurrte. *Wie kannst du so ruhig bleiben? Sie ist unsere wahre Gefährtin, ich spüre es. Sie gehört zu uns.*

Von allen Frauen auf der Welt, wie hoch waren die Chancen, dass er seine wahre Gefährtin bei einem Kindertheaterstück treffen würde?

Es war nicht so, dass er sie nicht schön fand – im Gegenteil. Aber er wusste nichts über sie, außer dass sie eine Tochter hatte.

Und diese Tatsache allein könnte seine Pläne stören, den Clan vor Drachenjägern und Drachenrittern zu schützen. Sie hatten einige Daten von den Drachenrittern erhalten, gebracht von einer Menschenfrau, die selbst einst eine Ritterin gewesen war, was sie enorm weitergebracht hatte.

Es gab jedoch immer noch einige Lücken, die er klären musste.

Sein Drache meldete sich wieder. *Du kannst doch nicht deine ganze verdammte Zeit in dieses Projekt stecken. Außerdem wäre es schön, ein wenig Gesellschaft in unserem Cottage zu haben.*

Selbst wenn ich mal meine eigenen Wünsche außer Acht lasse, aber du hast doch gesehen, was für eine Angst sie vor unseren blitzenden Augen hatte. Ich habe keine Zeit für eine energiegeladene Tochter und eine ängstliche Gefährtin.

Sei fürs Erste einfach nett zu ihr. Man weiß ja nie, wenn du sie erst einmal kennenlernst, willst du sie vielleicht genauso wie ich.

Dawns Stimme kam von hinten. „Es ist nett von Ihnen, den Kindern zu helfen. Nach dem, was ich von Daisy gehört habe, mögen Sie normalerweise keine Menschenmengen."

„Normalerweise nicht." Er blieb vor einem Tisch stehen, der mit unbenutzten Rauchkanistern und Konfettikartuschen beladen war, die sicher in Kisten verpackt waren, und drehte sich endlich zu ihr um. „Aber es ist schwer, einer ganzen Kinderschar Nein zu sagen."

Sie lächelte, und sein Herzschlag beschleunigte sich. Wenn er sie vorher schon schön gefunden hatte, war sie jetzt verdammt atemberaubend. „Meinen Sie wirklich, es ist schwer, Daisy Nein zu sagen?"

Er konnte nicht anders, als das Lächeln zu erwidern. „Sie ist hartnäckig."

„Das ist eine sehr freundliche Art, es auszudrücken. Aber sie hat ein gutes Herz."

Blake hörte ein Flüstern und erhaschte einen Blick auf Daisy und Freddie, die sich wegschlichen. Sie mussten Dawn hinter die Bühne gefolgt sein.

Sobald sie außer Hörweite waren, nickte er. „Das hat sie. Obwohl sie fast so neugierig ist, wie ein innerer Drache. Ich schätze, dass sie sich deshalb so gut mit Freddie und den meisten anderen Drachenwandler-Kindern versteht. Sie ist ein Mensch, aber nicht ganz."

Kaum hatten die Worte seine Lippen verlassen, wollte er sich selbst treten. Seine Worte konnten als Beleidigung aufgefasst werden, auch wenn er das nicht beabsichtigt hatte. Auch wenn er keine Gefährtin wollte, musste er nicht unhöflich zu Dawn sein.

Dawn neigte den Kopf, ihr glattes Haar streifte ihre Schulter und verbannte alle Gedanken, die nichts mit ihr zu tun hatten. Es juckte ihm in den Fingern, die Hand auszustrecken und zu sehen, ob es so weich war, wie er es sich vorstellte.

Beinahe hätte er geblinzelt. Blake schenkte solchen Dingen normalerweise keine Aufmerksamkeit, aber es war fast so, als könnte er Dawn nicht ignorieren, selbst wenn er es wollte.

Sein Drache schnaubte. *Gut.*

Blake hatte halb erwartet, dass Dawn wieder einen Schritt zurücktreten würde, da seine Pupillen geblitzt haben mussten, als sein Drache sprach, aber sie rührte sich nicht. Sie schob sich eine

Haarsträhne hinters Ohr und fragte: „Wie ist es, ständig mit jemandem in deinem Kopf zu reden?"

Er zuckte mit einer Schulter. „Ziemlich so, wie Daisy es erklärt hat, doch sie hat eines ausgelassen – sie können manchmal wirklich nervig sein. Und doch kann ich mir mein Leben ohne ihn nicht vorstellen."

„Das muss schön sein, nie allein zu sein."

Ein kurzes, trauriges Flackern zog über Dawns Augen, aber es war im nächsten Moment verschwunden. Und obwohl es vor der Vorstellung noch viel zu tun gab, konnte er den Blick nicht ignorieren. „Sie haben doch Ihre Tochter."

„Oh, natürlich. Ich liebe Daisy mehr als alles andere. Aber ich nehme an, Ihr Drache altert im gleichen Tempo wie Sie, richtig? Und mit jemandem im eigenen Alter zu sprechen ist nicht ganz dasselbe wie Gespräche mit einem Kind."

Blake hielt inne und fragte sich, ob er persönlichere Fragen stellen sollte. Sein Drache knurrte. *Halte dich nicht zurück bei ihr. Egal, was du törichterweise gerade denkst, sie ist unsere wahre Gefährtin. Gib ihr eine Chance.*

Und ausnahmsweise wies Blake das Drängen seines Drachen nicht zurück. Er fragte: „Was ist mit Daisys Vater passiert?"

Für ein paar Sekunden schwieg Dawn, und Blake fragte sich, ob er es vermasselt hatte. Da er nicht viel Zeit mit anderen Leuten verbrachte, war er nicht gerade der Beste darin, gesellschaftliche Höflichkeiten auszutauschen. Dennoch, warum sollte er nicht nach einem so wichtigen Teil ihres Lebens fragen? Er würde die Menschenfrau sonst nie kennenlernen und sein Tier ein wenig besänftigen können.

Dawn seufzte schließlich und beendete die unangenehme Stille. „Er hat uns vor langer Zeit verlassen und lebt in Australien." Sie hielt eine Sekunde inne, und Blake spürte, dass er den Mund halten sollte. Er wurde belohnt, als sie hinzufügte: „Nach all den anfänglichen Problemen mit unserem unerfüllten Kinderwunsch war er sowieso schon gestresst. Am Ende war Daisy als Kleinkind zu viel für ihn, und er ist gegangen."

Blake ballte die Finger zu einer Faust. Wissenschaftler hin oder her, er war immer noch ein Drachenwandler, und seine Art neigte dazu, Familie zu schätzen, egal welche Herausforderungen es gab. „Dann ist er einfach ein verdammter Idiot."

Dawn blinzelte. „Ja, ist er."

Er hätte fast eine Hand ausgestreckt, um ihr eine Haarsträhne aus dem Gesicht zu streichen, doch er widerstand. Seine wahre Gefährtin zu berühren, würde sein inneres Tier nur verrückt machen, und das durfte er nicht riskieren.

Sein Drache schnaubte, aber Blake sprach, bevor sein Tier es kommentieren konnte. „So viel Daisy sonst auch redet – über ihren Vater hat sie, soweit ich mich erinnere, nie gesprochen. Also vermute ich, er ist endgültig weg?"

Dawn lächelte traurig und nickte. „Er hielt es für das Beste, sie zu verlassen, als sie noch klein war. Ich habe seit Jahren nichts von ihm gehört, und mittlerweile will ich das auch nicht mehr. Die einzige Verbindung, die ich zu ihm habe, ist seine Schwester, die versucht hat, Daisy ein wenig kennenzulernen. Aber das war's."

Sein Drache zischte. *Der Mistkerl! Daisy verdient was Besseres. Wir könnten es besser machen.*

Anstatt seinem Tier zu antworten, konzentrierte sich Blake auf Dawn. „Wenn er ein Drachenmann wäre, würde ich ihn für das, was er Ihnen und Daisy angetan hat, herausfordern. Bram hätte ihn sicher aus dem Clan geworfen, wenn er sich geweigert hätte, sich um sein Kind zu kümmern."

Wahrscheinlich. Aber aus irgendeinem Grund war es Blake gerade wichtig, diese Worte zu sagen.

Sein Drache sagte leise: *Weil du anfängst, sie auch zu wollen.*

Die Menschenfrau neigte den Kopf. „Ihr Drache spricht wieder."

„Wie immer. Er bleibt selten still. Sagen wir einfach, er ist auch kein Fan Ihres Ex."

Sie zögerte eine Sekunde, bevor sie fragte: „Zeigen Sie Menschen jemals Ihre Drachengestalt?"

Blakes erster Impuls war, sich abzuschotten, sie abzuweisen und wegzugehen.

Dann erinnerte er sich, dass Dawn nichts über die Farbe seiner Drachenhaut wusste, geschweige denn von dem Fleck. Sie war lediglich neugierig. „Normalerweise nicht."

„Oh", sagte sie, und ihre Schultern sackten ein wenig herunter.

Sein Drache knurrte. *Sie sollte uns sehen dürfen. Sag es ihr.*

Und aus irgendeinem Grund verspürte er nicht den Drang, seinem Tier zu widersprechen. „Aber vielleicht mache ich für Sie eine Ausnahme und zeige ihn Ihnen irgendwann – wenn Sie möchten."

Ihre Augen leuchteten auf und erinnerten ihn ein wenig an Daisys. Niemand konnte bezweifeln, dass sie Mutter und Tochter waren.

Dawn sagte: „Wirklich? Vielleicht sollte ich erwachsener sein und sagen, dass es keine große Sache ist, aber ich denke, jeder Mensch fragt sich irgendwann, wie es ist, einen Drachenwandler in seiner Drachengestalt zu sehen. Vor einem Jahr hätte ich das nie für möglich gehalten. Aber Daisy hat das alles geändert, teils durch ihre schiere Willenskraft."

Er grinste. „Ja, sie kann sehr überzeugend sein. Ich denke, sie könnte irgendwann die Direktorin des Ministeriums für Drachenangelegenheiten werden."

Dawn schüttelte den Kopf. „Ich bezweifle, dass sie die Bürokratie lange genug aushalten würde, um das zu schaffen. Aber ich kann mir gut vorstellen, wie sie ihre eigene Gruppe gründet, durch Großbritannien und Irland tourt und ganz allein versucht, die Meinung aller über Drachenwandler zu ändern."

„Das könnte sie tatsächlich schaffen", antwortete er.

Während sie einander wieder anlächelten – Blake konnte sich nicht erinnern, wann er das letzte

Mal so viel bei einer anderen Person gelächelt hatte
–, durchströmte ihn eine aufgestaute Sehnsucht.
Nicht nur, weil seine wahre Gefährtin vor ihm
stand. Nein, es war mehr als das. Er war
größtenteils allein gewesen, seit seine Mutter vor ein
paar Jahren gestorben war, und er hatte jegliches
Gefühl von Einsamkeit stets geleugnet.

Dawn ließ ihn sich fragen, ob er doch eine
Gefährtin wollte.

Sein Drache meldete sich zu Wort. *Ich habe dir
gesagt, du sollst nicht so viel Zeit in Isolation verbringen. Aber
es hat sich am Ende gelohnt, da wir dadurch auf unsere
wahre Gefährtin gewartet haben.*

Blake widerstand dem Drang, seinem Drachen
zu sagen, dass er recht hatte, aus Angst, seinem Ego
zu sehr zu schmeicheln.

Er bemerkte jedoch die Veränderung in Dawns
Reaktion auf seine blitzenden Augen. Die Tatsache,
dass Dawn jetzt nicht einmal mehr blinzelte, sagte
ihm, wie sehr sie ihre Angst bereits überwunden
hatte.

Vielleicht, nur vielleicht, wenn er die Dinge
langsam anginge, könnte er versuchen, sie besser
kennenzulernen.

Sein Drache summte. *Ja, ja, ich mag die Idee. Und
jetzt werde ich dich nicht mehr vor ihr weglaufen lassen.*

Gerade als er antworten wollte, kam eine der
Drachenlehrerinnen – Ella Lawson – auf sie zu und
fragte: „Ist alles für das Stück bereit? Wir fangen in
einer halben Stunde an."

Blake räusperte sich. „Fast fertig. Wir wollten

gerade die Spezialeffekte laden und in den Kontrollraum gehen."

Ella nickte. „Gut." Sie reichte ihm ein Walkie-Talkie. „Wir kommunizieren hiermit. Entschuldigt mich jetzt, ich muss sicherstellen, dass die Kinder nicht die Kostüme tauschen und wer weiß, was mit den Requisiten anstellen. Tristan mag vielleicht denken, dass er alles sieht, aber ich bezweifle das, wenn so viele Kinder in einem Raum zusammen sind."

Sobald die Drachenfrau wegging, reichte Blake Dawn das Walkie-Talkie. Als seine Finger ihre streiften, jagte ein Stromstoß seinen Arm hinauf, und er holte scharf Luft.

Er hörte, wie Dawn dasselbe tat.

Sie starrten einander ein paar Sekunden an, und zum ersten Mal in seinem Erwachsenenleben wäre Blake beinahe die Kontrolle entglitten – er hätte die Menschenfrau fast geküsst.

Gut. Versuch einfach, sie zu küssen. Schau, sie hat sich gerade auf die Unterlippe gebissen. Sie denkt wahrscheinlich auch daran.

Nein, Drache, kein Küssen. Sie kennt nicht alle Fakten, und ich werde ihr gegenüber nicht verheimlichen, was passieren könnte. Wenn blitzende Augen sie schon erschreckt haben, würde ein Gefährtenrausch sie endgültig vertreiben.

Bevor sein Tier antworten konnte, zog er seine Hand zurück und bedeutete Dawn, ihm zu folgen. „Kommen Sie. Wir haben nicht viel Zeit, um alles fertig einzurichten."

Und sobald sie die Bühne erreichten, um die

letzten paar Dinge für die Vorstellung zu platzieren, war Blake ganz auf Dawn eingestimmt, während sie sich im Raum bewegte.

Es gab so viele Gründe, den Abend zu beenden und so zu tun, als wäre er ihr nie begegnet. Immerhin zählte der Clan darauf, dass er half, einige der erhaltenen Drachenritter-Daten zu entschlüsseln, Daten, die Stonefire helfen würden, sich gegen einen ihrer Hauptwidersacher unter den Menschen zu verteidigen.

Und doch fragte sich ein Teil von ihm, ob er sowohl seine Arbeit als auch eine Gefährtin, ein Kind und ein weiteres auf dem Weg bewältigen könnte, da ein Rausch immer in einer Schwangerschaft endete.

Vielleicht hätte er, wenn er die letzten Rätsel löste, um die Drachenritter zu besiegen, genug Zeit.

Trotz seiner Absichten für den Abend schien es, als hätte sich sein Leben doch verändert. Die einzige Frage war, wie er damit umgehen konnte.

Kapitel Drei

Während Dawn hinter dem Vorhang am Rand der Bühne stand und die Schlussszenen des Theaterstücks beobachtete – ihre Tochter spielte die Rolle einer alten Drachenwandler-Königin von Britannien –, konnte sie nicht aufhören zu lächeln.

Daisy hatte es viel besser gemacht, als sie es hätte erwarten können. Vielleicht war die Schauspielerei genau das, wozu sie bestimmt war. Die Tatsache, dass Daisy nur etwa zwei Zeilen vergessen hatte, war für ihre Tochter eine große Sache, da ihre Aufmerksamkeit oft abschweifte.

Als die Lichter gedimmt wurden, klatschte Dawn so laut sie konnte, und sah mit Freude, wie die Kinder sich vor dem Publikum verbeugten.

Zugegeben, sie hatte gehofft, im Publikum sitzen zu können, aber Blake hatte ihre Hilfe gebraucht, um während des Stücks Dinge zu bewegen. Und da es für Daisys Debüt so gut wie möglich sein sollte, hatte sie einfach dafür gesorgt, dass Sasha alles für sie aufnahm.

Als die Kinder die Lehrer herauszogen, damit auch sie sich vor dem Publikum verbeugen konnten, eilte Dawn nach hinten in den kleinen Kontrollraum, wo Blake sein sollte. Auch wenn ihr Abend vorbei war und sie Daisy noch gratulieren musste, wollte sie ihn noch einmal sehen. Da die Lehrer darauf bestanden, dass alle Kinder ihre Kostüme ablegten, bevor sie zu ihren Eltern zurückkehrten – einige der falschen Drachenflügel waren spitz, und niemand wollte Risiken eingehen –, sollte sie genug Zeit haben, sich von ihm zu verabschieden.

Dawn schlängelte sich durch das Labyrinth aus Requisiten und anderen Erwachsenen, die dort herumliefen. Sie erreichte die äußere Tür des in zwei Teile geteilten Raumes und strich sich schnell durchs Haar. Eigentlich war es albern, sich um ihr Aussehen Gedanken zu machen. Aber etwas an Blake ließ sie sich wie die neunzehnjährige Version ihrer selbst fühlen, damals, als Jungs ihren Bauchkribbeln und ihre Wangen hatten heiß werden lassen.

Mit einem tiefen Atemzug betrat sie den äußeren Raum und dann den inneren. Blake drehte sich zu ihr um und lächelte. Sie mochte es, wie sich kleine Falten in seinen Augenwinkeln bildeten. Es war so viel besser, als wenn er versuchte, ernst und ruhig zu sein.

Sie schloss die Tür und ging zu ihm hinüber.

„Alles lief hervorragend, Blake. Nichts hat Feuer gefangen, und alles ging zum richtigen Zeitpunkt los."

Er sagte trocken: „Das sind ziemlich niedrige Standards."

Sie schnaubte und berührte spielerisch seinen Arm. „Für mich ist es schon ziemlich wichtig, dass nichts in Flammen aufgeht. Vor allem bei einer Bühne voller Kinder, von denen die Hälfte brennbare Flügel getragen hat."

Blakes Pupillen blitzten ein paar Mal zwischen rund und geschlitzt hin und her. Aber Dawn schenkte ihnen kaum Aufmerksamkeit, da es für sie jetzt fast normal war.

Als er ihre Hand nahm, vergaß sie alles um sich herum. Für einen Moment schien die Zeit stillzustehen.

Sie konnte sich nicht erinnern, wann sie zuletzt durch die Berührung eines Mannes völlig den Kopf verloren und zugleich Wärme und Vorfreude gespürt hatte.

Nicht, dass etwas passieren würde. Wollte sie Blake wiedersehen? Ja. Aber Dawn musste vorsichtig sein wegen Daisy. Ihre Tochter wurde ziemlich leicht anhänglich, und Dawn wollte ihr keine Hoffnungen machen, bevor sie nicht wusste, dass etwas ernst sein könnte.

Warum denke ich überhaupt über sowas nach? Ich habe den Mann gerade erst kennengelernt.

Er ließ ihre Hand los und sagte: „Ich denke, die meisten Schüler waren besonders vorsichtig, um

Tristan nicht zu verärgern. Er kann gut mit Kindern umgehen, aber sie spüren instinktiv, dass man ihn besser nicht verärgert."

Sie lächelte, als sie sich an den normalerweise grummelnden Drachenmann erinnerte, der während der Pause kurz mit seiner Gefährtin geredet hatte. Er hatte die ganze Zeit in Babysprache auf seine kleine Tochter eingeredet. „Ich denke, es ist mehr als das. Er verbirgt sein gutes Herz, auch wenn ich nicht weiß, warum."

„Sein Image, vielleicht? Die meisten Drachenwandler-Männer – und auch etliche Frauen – geben gern den Alpha."

Sie hob eine Augenbraue. „Was, und Sie sind anders?"

Sein Blick verschloss sich eine Sekunde, aber es verschwand, bevor sie blinzeln konnte. „In vielerlei Hinsicht, ja."

Sie betrachtete seine Augen, entschied aber, dass jetzt nicht der Zeitpunkt war, nach dem Grund für die Veränderung in seinem Ausdruck zu drängen. Daisy würde jeden Moment nach ihr suchen, und Dawn spürte, dass das Gespräch hinter Blakes Verhalten mehr als ein paar hastige Sekunden erforderte.

Also beschloss sie, es fallen zu lassen und das Thema zu wechseln. „Nun, egal, Sie haben gute Arbeit geleistet, Blake. Oh, und klopfen Sie Ihrem Drachen auf die Schulter von mir."

Er hob die Brauen. „Meinem Drachen?"

„Ich nehme an, er hat Ihnen geholfen, oder?

Und ich kann jetzt nicht wirklich mit ihm reden, also muss ich Sie als Boten benutzen."

Blakes Augen blitzten, als er schnaubte. „Meinem Drachen liegt nicht viel an Wissenschaftskram, wie er es nennt."

Interessant. Vielleicht hatte sie gerade genug Zeit, um ein wenig mehr darüber zu erfahren, wie innere Drachen tickten. Für Daisy, natürlich. Nicht, weil Dawn von Sekunde zu Sekunde mehr an Blake Whitby interessiert war. „Also mögen Sie und Ihr Drache unterschiedliche Dinge?"

Er zuckte mit den Schultern. „Manchmal, und manchmal ist es dasselbe. Wir mögen beide Schwimmen, zum Beispiel."

Sie lächelte. „Heißt das, Sie treiben auf dem Rücken im See, verwandeln sich für eine Weile in Ihre Drachengestalt und wechseln dann zurück in Ihre menschliche?"

Er lachte leise. „Kann nicht behaupten, dass ich das so schon mal versucht habe, aber es könnte einen Versuch wert sein. Ich muss nur aufpassen, dass keine Menschen in der Nähe sind – schließlich muss ich dafür nackt sein."

Sie lachte. „Das wäre sicher eine ziemliche Show. Und da fast jedes Handy filmen kann, könnte es das nächste virale Video werden. *Nackter Drachenmann im Urlaub* oder so."

Während sie einander anlächelten, sehnte sich Dawn nach mehr davon – lockere Unterhaltung und Neckereien mit einem Mann. Und nicht mit irgendeinem Mann, sondern einem, der ihre

Tochter bereits kannte und alles, was das mit sich bringen konnte, wenn es gut lief.

Doch bevor sie diese Gedanken aus ihrem Kopf verbannen konnte, stieß jemand sie von hinten, sie prallte gegen Blake, und ihre Lippen berührten seine.

Trotz des unerwarteten Kusses jagte schon die kurze Berührung eine Welle von Hitze durch ihren Körper, mehr, als sie je zuvor gespürt hatte.

Aber im nächsten Moment stieß Blake sie weg, trat ein paar Schritte zurück und packte seinen Kopf mit den Händen. Seine Augen waren geschlossen, und sein Kiefer sah angespannt aus.

Hätte sie es nicht besser gewusst, hätte sie gesagt, er sah aus, als hätte er Schmerzen. Dawn streckte die Hand nach ihm aus. „Blake, sind Sie in Ordnung?"

Er schob ihre Hand weg. „Nein, gehen Sie weg von mir, Dawn! Laufen Sie! Jetzt!"

Als er sich krümmte und zischte, wusste Dawn nicht, was sie tun sollte. Etwas war offensichtlich nicht in Ordnung mit Blake. Vielleicht hatte es mit seinem inneren Drachen zu tun?

Gerade als sie noch überlegte, Hilfe zu holen, flüsterte Freddie: „Es ist der Gefährtenrausch, richtig?"

Sie bemerkte kaum, dass Freddie und Daisy auch im Raum waren. Ein Gefährtenrausch? Dawn hatte keine Ahnung, was das sein sollte.

Bevor sie fragen konnte, schossen Blakes Augen zu dem Jungen. „Ja, jetzt bring sie hier raus und finde Bram, Kai, irgendjemanden." Der Drachenmann kauerte sich zu einer Kugel auf dem Boden zusammen. „Beeil dich!"

Als er vor Schmerz stöhnte, entschied Dawn, dass es genug war. Innerer Drache hin oder her, sie konnte ihn nicht leiden lassen. Sie wollte in die Hocke gehen, aber Freddie stellte sich eilig zwischen sie. Der kleine Junge erklärte: „Berühren Sie ihn nicht. Das macht es nur schlimmer."

Sie runzelte die Stirn. Freddie sprach selten, und nie zuvor mit solcher Überzeugung. „Was ist los —"

Freddie unterbrach Dawn. „Wir müssen gehen. Bram wird es Ihnen erklären."

Auch wenn sie Blake gerade erst kennengelernt hatte, ging ihr der Anblick, wie er sich zusammengerollt hatte, ans Herz.

Hatte sie das verursacht? Sie hatten den ganzen Abend ohne Probleme geredet. Das Einzige, was anders war, war der Kuss-Unfall.

Nicht, dass sie dachte, Freddie zu fragen wäre die beste Idee. Vielleicht musste sie wirklich mit dem Clanführer sprechen.

Doch bevor sie Freddie bitten konnte, sie zu ihm zu bringen, nahm der kleine Drachenjunge ihre Hand, und sie ließ sich von ihm aus dem Raum führen. Als sie ein letztes Mal zu Blake zurückblickte, der auf dem Boden zusammengerollt lag, bemerkte Dawn, dass Daisy ihr ebenfalls schweigend folgte.

Es schien, als spürte selbst ihre Tochter, dass gerade etwas passiert war, auch wenn sie keine verdammte Ahnung hatte, was ein bloßer Kuss mit einem starken Drachenmann wie Blake anstellen konnte.

Sobald sie außerhalb des Raumbereichs waren, ließ Freddie Dawns Hand los und sagte bestimmt: „Gehen Sie nicht da rein. Wir müssen Hilfe finden."

„Warum?", fragte Daisy.

„Weil Mr. Whitbys Drache deine Mum will und bald alles tun wird, um sie zu bekommen, selbst wenn es bedeutet, gegen andere Männer zu kämpfen."

Das Bild, wie Blake andere Drachenmänner bekämpfte, um zu ihr zu gelangen, ließ das Blut aus ihrem Gesicht weichen. Es war schwer, diese Vorstellung mit dem etwas schüchternen, sanften Mann von vorhin und seinem verborgenen Humor in Einklang zu bringen. Aber es gab so viel über Drachenwandler, das sie nicht wusste.

Vielleicht gab es eine Seite an Drachenwandlern, die die Wurzel all der Gerüchte und des Getuschels war, die sie über die Jahre gehört hatte.

Die vertraute Stimme Tristan MacLeods erreichte ihre Ohren und holte sie in die Gegenwart zurück. „Da seid ihr beiden ja. Kommt!"

Freddie eilte zu dem Lehrer. „Nein, warten Sie, hören Sie zu. Mr. Whitby und Daisys Mum haben sich geküsst, und jetzt versucht er, seinen Drachen wegen des Gefährtenrauschs zu bekämpfen. Er ist da drin." Er zeigte auf die Tür. „Helfen Sie ihm!"

Tristan murmelte: „Verdammte Scheiße", bevor

er zur Tür rannte. „Tun Sie, was der Junge sagt, Dawn! Folgen Sie ihm! Sie müssen sofort zu Bram."

Dawn warf einen letzten Blick auf die Tür und fragte sich, was mit Blake passieren würde. Sie hoffte, nichts Schlimmes, denn sein Schmerz war irgendwie ihre Schuld. Freddie hatte angedeutet, dass es der Kuss war, der alles verändert hatte. Und wenn Daisy sie nicht gegen ihn gestoßen hätte, wäre nichts davon passiert.

Du brauchst mehr Informationen, Dawn. Also geh und hol sie dir. Mit einem tiefen Atemzug schaute sie zurück zu Freddie. Der Junge richtete sich höher auf und bedeutete ihnen, ihm zu folgen.

Sie nahm den Weg zur großen Halle kaum wahr, nur, dass Daisy ihre Hand nahm. Da ihre Tochter das nicht mehr oft tat, half die Berührung, Dawns pochendes Herz zu beruhigen. Sie zwang ein kleines Lächeln zu Daisy hinunter, ein wenig besorgt darüber, wie still sie war.

Sie kam jedoch nicht dazu, Daisy etwas zu fragen, da sie zur Tür hinausgingen und die große Halle betraten. Tristan musste Bram angerufen haben, denn er und seine Gefährtin – sie konnte sich nicht an den Namen der Frau erinnern – warteten auf sie.

Brams Gesicht war ausdruckslos, seine Augen musterten sie, als sie stehen blieben. Er war so viel größer als Blake und um einiges einschüchternder. Dieser Mann hatte die Kontrolle über einen ganzen Clan von Drachenwandlern.

Dann trat Brams hellhäutige, rothaarige

Gefährtin vor ihn und lächelte. Sie sagte: „Wir haben uns vorhin kurz kennengelernt, aber ich bin Evie, Brams Gefährtin. Ich bin ein Mensch, genau wie Sie."

Dawn sah von Evie zu Bram und wieder zurück. Zeit, etwaige Ängste zu verdrängen und ein paar verdammte Antworten zu bekommen. „Was ist hier los? Jeder sagt, Sie werden mir alles erklären, aber das bereitet mir nur noch mehr Sorgen."

„Wir werden gleich alles erklären." Evie sah zu Freddie hinunter. „Geh doch schon mal mit Daisy zur Feier, und bleib bei deiner Familie. Wie wär' das?"

Daisy runzelte die Stirn. „Ich will auch hören, was los ist."

Bram meldete sich. „Nicht jetzt, Kleine. Freddie kann dir erzählen, was passiert. Aber wir müssen ein Gespräch nur unter Erwachsenen mit deiner Mutter führen."

Dawn wusste, wie sehr Daisy „nur unter Erwachsenen"-Gespräche hasste. Aber bevor sie Daisy sagen konnte, sie solle mit Freddie gehen, nahm der Junge Daisys Hand und sagte: „Ich kann sie zu meiner Familie bringen. Und wir werden auf sie aufpassen, Mrs. Chadwick. Versprochen."

Freddie war wirklich ein süßer Junge.

Sie sah auf ihre Tochter hinunter und steckte eine verirrte Haarsträhne hinter ihr Ohr. „Geh mit Freddie und bleib bei seiner Familie. Ich finde dich, wenn ich fertig bin."

„Aber, Mum."

„Kein Aber, Daisy. Versprich mir einfach, dass du nicht nach weiterem Ärger suchst, okay?"

Daisy musste Dawns Unbehagen gespürt haben, denn sie widersprach nicht. „Okay. Ich verspreche es."

Sie beugte sich hinunter und küsste Daisys Wange, die vertraute Berührung half, sie ein wenig mehr zu beruhigen. „Ich komme gleich zu dir."

Daisy schaute von ihr zu Bram, zu Brams Gefährtin und wieder zurück. „Okay. Ich hoffe, es dauert nicht zu lange."

Dawn hätte schwören können, dass sie den Clanführer murmeln hörte: „Das hängt davon ab." Doch Freddie zog Daisy weg, bevor sie ein weiteres Wort äußern konnte.

Dawn atmete tief durch und begegnete erneut dem Blick des Stonefire-Anführers. „Und jetzt?"

Evie hakte ihren Arm bei Dawn ein. „Lassen Sie uns in einen privaten Raum gehen, und wir erklären alles, okay?"

Sie konnte nichts tun, als zu nicken und sich von Evie wegführen zu lassen, Bram folgte ihnen dicht auf den Fersen.

Es war Zeit herauszufinden, was ein verdammter Gefährtenrausch mit sich brachte und wie sich ihr und Daisys Leben künftig verändern könnte. Denn was passiert war, war wahrscheinlich ihre Schuld, und Dawn musste es wiedergutmachen.

Kapitel Vier

A ls Dawn endlich an einem Tisch gegenüber von Bram und Evie saß, tat sie ihr Bestes, um nicht im Stuhl zusammenzusacken. Sie bezweifelte, dass ihnen etwas an ihrer korrekten Haltung lag, aber aufrecht zu sitzen half Dawn, sich zu fassen.

Und sie musste sich zusammenreißen, denn dieses Gespräch würde ihr Leben wahrscheinlich auf mehr als eine Weise verändern.

Bram tauschte einen Blick mit Evie, und seine Gefährtin nickte zurück. Der kurze Austausch sprach für Dawn Bände über ihre Beziehung. Das Paar schien gleichberechtigt zu sein, trotz der Tatsache, dass Bram jeden Menschen dominieren konnte, wenn er wollte.

Es war Evie, die zuerst sprach. „Was Sie vielleicht nicht über mich wissen, Dawn, ist, dass ich früher für das MDA gearbeitet habe, bevor ich Brams Gefährtin wurde."

Das MDA – das Ministerium für

Drachenangelegenheiten — war ein Teil der britischen Regierung, der sowohl die Drachenwandler überwachte als auch das Menschenopferprogramm leitete. Dawn wusste jedoch nicht viel mehr als die Grundlagen dessen, was sie taten.

Evie fuhr fort: „Ich erzähle Ihnen das nur, weil Sie meine Hilfe brauchen könnten, sobald Bram alles erklärt hat."

Da sie es leid war, dass alle um den heißen Brei herumredeten, sagte Dawn: „Dann sagen Sie mir bitte, was los ist, das Ihre Hilfe erfordern könnte. Ich bin eigentlich ziemlich geduldig, aber ich komme an meine Grenzen."

Bram schnaubte, was Dawn blinzeln ließ. Der Drachenmann sagte: „Nun, Sie haben jedenfalls keine Angst zu zeigen, wer hier das Sagen hat — ein gutes Zeichen." Dawn knurrte unerwartet, und er hob eine Hand. „Gut, dann kommen wir zu den Details.

Ich kenne nicht die ganze Geschichte hinter dem Kuss, aber als Ihre Lippen Blakes berührten, hat das einen Gefährtenrausch ausgelöst. Das bedeutet, dass Blakes Drache Sie, seine wahre Gefährtin, für sich beanspruchen und mit Ihnen schlafen will, bis Sie schwanger sind."

Sie blinzelte. „Ich — wie bitte?"

Evie ergriff das Wort. „Stellen Sie es sich wie einen endlosen Sex-Marathon mit Blakes menschlicher Gestalt vor — bis Sie schwanger sind. Und keine Sorge, sein Drache wird wissen, wann

Sie empfangen haben, weil sein Duft sich mit Ihrem vermischen wird. Ich bin mir sicher, ein Wissenschaftler könnte das viel besser erklären als ich, aber vertrauen Sie mir, die Drachenhälfte wird es wissen. Der Rausch wird nicht ewig andauern."

Er wird nicht ewig andauern. Aber würde er nicht ewig andauern, wenn jemand kein Kind bekommen konnte? Daisy zu empfangen hatte Dawn fast vier Jahre gekostet.

Als ihr bewusst wurde, dass ihr die Kinnlade heruntergefallen war, schloss Dawn schnell den Mund. Sie hatte so viele Fragen. Aber da sie keine Ahnung hatte, wie lange dieses Treffen dauern würde, stellte sie die Erste, die ihr in den Sinn kam. „Abgesehen vom Sex-Marathon, wie Sie es nennen, weiß ich nicht, was es bedeutet, eine wahre Gefährtin zu sein. Ist das etwas, das Blake gewusst haben muss?"

Bram nickte und grunzte. „Aye, das hätte er wissen sollen. Also lassen Sie mich direkt sein – hat er Sie geküsst, ohne Ihnen etwas zu sagen?"

Etwas an Brams Tonfall zwang sie zu antworten. „Nein, nein, so ist es nicht passiert." Sie hielt inne, wollte die Kinder nicht in Schwierigkeiten bringen, entschied aber, dass sie ehrlich sein musste. Wenn Bram Daisy bedrohte, würde Dawn ihm wieder die Stirn bieten. „Eines der Kinder muss gestolpert sein oder mich versehentlich gegen Blake gestoßen haben. Der Kuss war ein Unfall."

Bram murmelte etwas, das sie nicht hören konnte. Evie legte eine Hand an seinen Arm, und er seufzte, bevor er sagte: „Egal, wie es passiert ist, es ist geschehen. In dieser Situation gibt es nur drei Möglichkeiten, Dawn. Und so sehr es mir widerstrebt, Sie zu drängen, Sie müssen ziemlich bald eine auswählen."

Sie ignorierte das Brennen in ihrem Bauch und tippte auf den Tisch. „Dann nennen Sie mir die Optionen!"

„Nun, Sie machen den Rausch durch – den Sex-Marathon –, und das wird Blakes Drachen beruhigen. Sobald das Baby geboren ist, können Sie entweder dauerhaft in Stonefire bleiben oder das Baby hierlassen und fliehen. Die dritte Option ist, heute Abend zu gehen und sich die nächsten paar Jahre von meinem Clan fernzuhalten, bis Blakes Drache ruhig genug ist, um Ihnen nicht nachzujagen. Und ja, das bedeutet, dass auch Daisy Abstand halten muss. Blake würde ihr nie wehtun, aber sie ist ein Teil von Ihnen, und es würde sein inneres Tier quälen, zu wissen, dass Sie so nah und doch unerreichbar sind."

Dawn versuchte, alles zu verarbeiten, was Bram ihr gerade erzählt hatte.

Daisy von Stonefire und Freddie wegzureißen würde ihre Tochter zerstören. Darüber hinaus war die Beschäftigung mit den Drachenwandlern das erste langfristige Interesse, das Daisy je gehabt hatte. Auch wenn das manchen Eltern vielleicht nicht wichtig war, hatte ein echtes Interesse ihrer Tochter so geholfen, sich zu konzentrieren, wie Dawn oder die Schulen es nie geschafft hatten. Es war fast so, als würde Daisy ihr Bestes geben, Dinge zu beenden, damit sie mehr Zeit damit verbringen konnte, etwas über die Drachen zu lernen oder Briefe an Freddie zu schreiben.

Und als ob all das nicht genug wäre, fühlte Dawn sich bereits schuldig, weil Daisy keinen Vater hatte. Ihr die Drachen zu nehmen wäre fast grausam.

Was sie selbst betraf, war es nicht so, als gefiele ihr Blake nicht. Sie liebte ihn nicht, aber sie hatte eine kleine Verbindung, die möglicherweise mehr werden konnte. Natürlich gab es eine Sache, die sie davon abhielt, Ja zu sagen.

Etwas, das ihrer Tochter trotzdem die Drachen entreißen konnte.

Dawn versuchte, keine schmerzhaften Erinnerungen heraufzubeschwören, schluckte dann und sagte leise: „Ich kann wahrscheinlich keine weiteren Kinder bekommen. Also bin ich mir nicht sicher, ob ich eine andere Wahl habe, als zu fliehen."

Evie fragte vorsichtig: „Was meinen Sie?"

Sie begegnete dem Blick der Frau und war froh, Freundlichkeit statt Mitleid darin zu sehen. Das gab ihr den Mut, es weiter auszuführen. „Es hat fast vier Jahre IVF-Behandlungen gedauert, um Daisy zu empfangen. Sie ist mein kleines Wunder. Und wenn ich also Ja zum Rausch sagte, würde er wahrscheinlich nie enden. Also weiß ich nicht, ob ich wirklich eine Wahl in der Sache habe."

Evie lächelte leicht. „Wunderbare Dinge

geschehen zwischen wahren Gefährten, Dinge, die Sie nie für möglich gehalten hätten. Und bevor Sie sagen, ich rede nur Mist, hören Sie einfach zu – ich wurde in jungen Jahren getestet und man fand heraus, dass ich mit Drachenwandlern inkompatibel bin. Das ist eine schicke Art zu sagen, dass ich nie ein Kind mit einem haben könnte." Evie legte eine Hand an ihren Bauch. „Aber das ist nicht mein erstes Kind mit Bram – es hat geklappt, weil wir wahre Gefährten sind."

Bram ergriff das Wort. „Es stimmt, Dawn. Mir wurde auch gesagt, dass ich so gut wie zeugungsunfähig sei. Aber ich musste nur Evie finden, um diese einprozentige Chance mehrfach Realität werden zu lassen."

Das Paar lächelte einander an, aber Dawn bemerkte es kaum, während sie versuchte, das, was sie ihr erzählt hatten, zu begreifen.

Wenn es stimmte, könnte Dawn ein weiteres Baby haben. Und höchstwahrscheinlich ohne Jahre des Hoffens und Versuchens, ob etwas funktionierte.

Eine Sehnsucht, die sie über ein Jahrzehnt unterdrückt hatte, brach frei. Sie hatte immer mehr als ein Kind gewollt, war aber mit Daisy zufrieden gewesen. Nein, mehr als zufrieden – sie liebte ihre Tochter von ganzem Herzen. Dawn konnte sich ihr Leben ohne ihre Tochter einfach nicht vorstellen.

Aber jetzt boten die Drachenwandler ihr eine beinahe garantierte Möglichkeit, mindestens ein weiteres zu bekommen.

Wenn es nur um sie ginge, würde sie sofort Ja sagen und dem Rausch zustimmen.

Es ging jedoch nicht nur um sie. Wenn sie Ja zu Blake sagte, würde sich mehr als ein Leben ändern. Mit anderen Worten, Dawn musste mit Daisy sprechen. Und irgendwie musste sie auch sehen, ob sie mit Blake reden konnte.

Sie schob ihre Sehnsucht beiseite, räusperte sich und bekam damit die Aufmerksamkeit des Paares. „Danke, dass Sie mir das erzählt haben. Ich will Ja sagen, und ich weiß, dass Sie bald eine Antwort brauchen, aber ich muss wirklich zuerst mit Daisy sprechen. Und, wenn es eine Möglichkeit gibt, das zu tun, ohne dass er den Verstand verliert, auch mit Blake."

Bram nickte. „Natürlich müssen Sie mit Ihrer Tochter sprechen. Was Blake betrifft – sein Drache wird für drei Tage sediert. Das ist alles, was ich Ihnen geben kann, bevor Sie sich entscheiden müssen, denn wenn wir ihn länger sedieren, kann es ernsthafte Nebenwirkungen geben."

Sie blinzelte. „Sie haben seinen Drachen sediert?"

Bram grunzte. „Das ist die einzige Möglichkeit, ihn davon abzuhalten, sich zu befreien und Sie zu finden. Der innere Drache ist viel instinktiver als die menschliche Hälfte. Und wenn es darum geht, eine wahre Gefährtin zu finden und sie für den Rausch zu beanspruchen, kann es verdammt gefährlich werden."

Evie sah Bram stirnrunzelnd an, bevor sie

hinzufügte: „Mach ihr keine Angst, Bram." Dann wandte sie ihren Blick zu Dawn. „Blake wird die nächsten drei Tage nicht gefährlich sein. Er ist auf der Krankenstation und wird sorgfältig überwacht. Sie können frei mit ihm reden, so viel Sie müssen, solange Sie ihn nicht berühren. Manchmal, auch wenn es selten vorkommt, kann es das sedierte Tier frühzeitig aufwecken."

„Was bedeutet, dass ich weniger als drei Tage habe, um zu entscheiden, was ich tun soll", stellte sie fest.

Bram antwortete: „Aye, das ist richtig. Was auch immer Ihre Entscheidung sein wird, Sie sollten wissen, dass Evie und ich hier sein werden, um Ihnen zu helfen. Bei Bedarf können Sie auch ein paar Tage bei uns wohnen, wenn Sie Blake besser kennenlernen wollen. Vorausgesetzt natürlich, Ihr Gespräch mit Daisy verläuft gut."

Auch wenn das Paar nett zu sein schien, kannte sie eigentlich nur eine Person in Stonefire. „Das ist sehr freundlich, aber wenn ich in Stonefire bleibe − was ich noch nicht sicher weiß −, was wäre, wenn ich zu Sasha Atherton ginge? Wir haben oft telefoniert, und es könnte einfacher sein, bei ihr zu wohnen. Dann bin ich nicht im Weg."

Bram öffnete den Mund, um etwas zu sagen, aber Evie kam ihm zuvor. „Natürlich könnten Sie bei Sasha wohnen. Sie sollen nur wissen, dass wir hier sind, wann immer Sie uns brauchen, Dawn. Wenn Sie dauerhaft in Stonefire leben wollen, finde ich einen Weg, das beim MDA möglich zu machen."

Bram lächelte. „Das stimmt. Evie hat ein Händchen für das MDA, was sich schon als ziemlich nützlich erwiesen hat."

Sie sah von einem Gesicht zum anderen. Wenn sie in Stonefire bliebe, so schien es, musste sie eine Menge mehr über das MDA lernen als nur seinen Namen und die absoluten Grundlagen seiner Aufgaben.

Dawn antwortete schließlich: „Okay. Lassen Sie mich zuerst mit Daisy sprechen, und dann sage ich Ihnen, ob ich Blake sehen muss."

Das Paar stand auf, und Dawn folgte ihrem Beispiel. Bram öffnete die Tür. „Dann holen wir Daisy. Sie können diesen Raum wieder für Ihr Gespräch mit ihr nutzen."

Auf dem Weg den Korridor zur großen Halle hinunter, schlug Dawns Herz doppelt so schnell, und ihre Handflächen schwitzten ein wenig. Nie im Leben hätte sie gedacht, dass sie mit ihrer Tochter darüber sprechen würde, bei einem Drachenclan zu leben.

Natürlich hatte Dawn das Gefühl, dass Daisy sich auf die Chance, in Stonefire leben zu können, stürzen würde.

Und wenn, dann wäre der schwierigere Teil, mit Blake zu sprechen, um zu sehen, ob sie sich eine Zukunft mit ihm vorstellen konnte. Denn wenn er auch nur die geringste Ablehnung gegenüber Daisy zeigte, musste Dawn den Rausch ablehnen und fliehen.

Daisy war ihre ganze Welt, und selbst angesichts der äußerst großen Versuchung, ein weiteres Baby zu bekommen, würde Dawn ihre Tochter immer an erste Stelle setzen.

Also tat sie ihr Bestes, all ihre Fragen und ihr Unbehagen über die Zukunft zu verdrängen, um sich ganz auf ihre Tochter und das schwierige Gespräch vor ihr zu konzentrieren.

Kapitel Fünf

S obald Dawn die große Halle betrat, entdeckte sie Daisys lockigen blonden Kopf auf der anderen Seite. Sofort drückte ihre Tochter Freddie mitten im Gespräch ihren Teller in die Hand und rannte quer durch den Raum direkt auf sie zu.

Dawn bemühte sich zu lächeln, um Daisy nicht zu beunruhigen. Sobald Daisy direkt vor ihr stehen blieb, begegnete sie ihrem Blick und fragte: „Und? Was passiert jetzt? Gehst du mit Mr. Whitby?"

Bram sah sie stirnrunzelnd an. „Was genau hat Freddie gesagt?"

Daisy zuckte mit den Schultern. „Nicht viel. Aber Gefährtenrausch bedeutet, dass zwei Erwachsene für eine Weile verschwinden. Und danach bekommen sie ein Baby. Ist es das, was du tun wirst, Mum? Ist es?"

Sie wünschte, es wäre so einfach – dass Daisy begeistert davon wäre, in Stonefire zu leben und ein Geschwisterchen zu bekommen. Doch ihre

Tochter verstand wahrscheinlich nicht, wie sehr sich ihr Leben verändern würde. Dawn hatte immer versucht, so ehrlich wie möglich mit ihrer Tochter zu sein – und das würde sie auch jetzt nicht ändern.

Sie mussten ein ernstes Gespräch führen. Punkt.

Dawn nahm die Hand ihrer Tochter. „Komm, Daisy. Wir müssen uns unter vier Augen unterhalten."

Bram deutete zurück dorthin, woher sie gekommen waren. „Sie können gern denselben Raum benutzen, Dawn."

„Danke", murmelte sie, bevor sie mit Daisy zurück durch die Tür ging, durch die sie gerade gekommen war.

Da Daisy den ganzen Weg zum Raum schwieg, musste ihre Tochter wissen, wie ernst die Dinge waren.

Ein kleiner Teil von Dawn hasste es, sie vor eine so folgenschwere Entscheidung stellen zu müssen, aber es gab keinen anderen Weg. Besonders, wenn Dawn es zumindest mit Blake versuchen wollte.

Sobald sie den Raum betraten, in dem sie mit Bram und Evie gewesen war, setzte sich Dawn in einen Stuhl, drehte einen anderen zu sich und deutete darauf.

Daisy glitt langsam hinein und fragte: „Was wird passieren, Mum?"

„Ich bin mir noch nicht sicher, Daisy." Ihre Tochter öffnete den Mund, um noch etwas zu sagen, aber Dawn kam ihr zuvor. „Ich wollte zuerst mit dir sprechen, bevor ich irgendwelche Entscheidungen treffe."

Daisy rutschte auf ihrem Sitz nach vorn. „Aber du weißt doch, was ich will, Mum. Ich wollte immer hier leben, und ich weiß, dass du immer noch ein Baby wolltest. Ich dachte, du wärst begeistert."

Dawn sah ihrer Tochter in die Augen und stellte eine Frage, die ihr seit der Entdeckung des Gefährtenrauschs und allem, was er mit sich brachte, durch den Kopf gegangen war. „Wusstest du die ganze Zeit, dass Mr. Whitby mein wahrer Gefährte ist?"

Als Daisy den Kopf schüttelte, hüpften ihre Haare hin und her. „Nein. Ich dachte nur, ihr versteht euch gut, und ihr habt beide gelächelt, und dass ein Kuss vielleicht helfen würde. Wie es das immer in den Filmen tut."

Genau wie im Film. Wenn das echte Leben doch nur so einfach wäre.

Dawn rieb sich die Stirn, bevor sie sich für Ehrlichkeit entschied. „Das hier ist ein bisschen komplizierter, Daisy. Ich weiß, wie sehr du Drachenwandler magst. Und ich freue mich, dass du dich mit Freddie angefreundet hast. Allerdings habe ich immer noch ein wenig Angst vor ihnen. Ganz zu schweigen davon, dass ein Umzug hierher hieße, Lucy oder deine anderen Schulfreunde nie wiederzusehen."

Daisy ließ ihre Beine über dem Boden baumeln. „Ich werde Lucy vermissen und sie immer sehen wollen. Aber, na ja, weißt du, sie spricht nicht mehr so viel mit mir, seit meinem ersten Besuch in Stonefire."

Dawn hätte fast geblinzelt. Lucy und Daisy waren jahrelang unzertrennlich gewesen. Stattdessen runzelte sie die Stirn und fragte: „Was?"

Daisy blickte auf ihr Kleid hinab und zupfte am Rock. „Ich habe es dir nicht erzählt, weil ich versucht habe, es wieder in Ordnung zu bringen. Aber Lucys Mum hat mir gesagt, ich soll nicht mehr mit ihr reden."

Wut brodelte in Dawns Magen. Die Tatsache, dass Connie – Lucys Mutter – nicht einmal daran gedacht hatte, mit Dawn über etwas so Wichtiges zu sprechen, weckte in ihr den Wunsch, sie sofort anzurufen und zu fragen, was das sollte. Nicht nur, weil Dawn dachte, sie seien irgendwie Freundinnen, sondern auch, weil Connie genau wusste, dass drastische Veränderungen Daisy sehr schaden könnten.

Und Daisy zu sagen, sie solle nicht mehr mit Lucy reden, war auch noch feige. Dawn war die meiste Zeit nett und freundlich, aber wenn jemand ihre Tochter schlecht behandelte, flammte ihr Temperament spektakulär auf. Connie wusste das wahrscheinlich und wollte die Konfrontation vermeiden.

Ihre Gefühle mussten sich auf ihrem Gesicht gezeigt haben, denn Daisy blinzelte. Doch bevor sie etwas sagen konnte, fügte ihre Tochter hinzu: „Wir haben manchmal in den Pausen geplaudert. Aber wir spielen nicht mehr nach der Schule oder am Wochenende."

Okay, jetzt verwandelte sich ihre Wut mehr in Sorge. Da Lucy nur ein paar Häuser weiter wohnte, hatte Daisy ihre Freundin seit ihrem zehnten Lebensjahr besuchen dürfen. Es hätte alles Mögliche passieren können, wenn sie stattdessen herumgewandert war.

Dawn zwang sich, ruhig zu fragen: „Wohin bist du dann jedes Mal gegangen, wenn du gesagt hast, du besuchst Lucy?"

Daisy zuckte mit einer Schulter. „Na ja, ich bin meist nur hinter den Schuppen in unserem Garten gegangen und habe Briefe an Freddie geschrieben. Wenn es geregnet hat, bin ich zu Mrs. Smythe nebenan gegangen, und sie hat mir Tee und Kekse gegeben." Sie biss sich auf die Lippe und fragte: „Bist du böse auf mich?"

Für eine Sekunde antwortete Dawn nicht. Auch wenn sie verärgert war, dass Daisy sie angelogen hatte – Lügen hasste sie mehr als alles andere –, versuchte sie bei dem Gedanken an all die Gefahren ihre Angst im Zaum zu halten.

Daisy war viel zu vertrauensselig. Ein Fremder hätte ihr kleines Mädchen für immer wegnehmen können.

Daisy fügte leise hinzu: „Ich mache das nie wieder, versprochen."

Die Worte rissen Dawn zurück in die aktuelle Situation. Da sie den Trost von Daisys Berührung brauchte, nahm sie die Hand ihrer Tochter und drückte sie. Sie sagte langsam, um ihre Stimme ruhig zu halten: „Mir gefällt nicht, dass du mich angelogen hast. Aber du hast mir jetzt die Wahrheit gesagt, und ich hoffe, du wirst dein Versprechen halten, mich nicht wieder anzulügen." Daisy nickte ein paar Mal, und Dawn fuhr fort: „Ich wünschte, du hättest früher etwas gesagt, Daisy. Haben dich auch andere Kinder oder Lehrer anders behandelt?"

Sie zuckte mit den Schultern, während sie ihre Beine wieder über dem Boden baumeln ließ. „Manche waren gemeiner. Aber die meisten mochte ich sowieso nicht. Wir, die zum Drachencamp gefahren sind, sind unsere eigene Freundesgruppe geworden. Und ich habe Freddie und Emily."

Oh, Daisy. Ihre Tochter hatte allein gelitten und es nie gezeigt.

Sie wurde wirklich erwachsen.

Ohne sich darum zu kümmern, dass Daisy mit elf ihrer Meinung nach vielleicht schon zu groß dafür war, zog Dawn sie vom Stuhl und nahm sie auf den Schoß. Sobald sie Daisy in eine Umarmung gehüllt und ihren Kopf an den ihrer Tochter gelegt hatte, sagte sie: „Du hast so hart gearbeitet, um anderen wie den Drachenwandlern zu helfen, nicht wahr?"

„Ich versuch's. Die Drachenwandler waren immer nett zu mir. Und ich weiß nicht, warum andere gemein zu ihnen sind oder sie verletzen wollen. Besonders, wenn die meisten sie noch nie getroffen haben. Das kommt mir albern vor. Wir sollen doch nicht urteilen, ohne jemanden zu kennen, richtig? Das sagst du mir immer."

Dawn streichelte das Haar ihrer Tochter und lächelte darüber, dass Daisy ihre eigenen Worte wiederholte. Und auf seltsame Weise war das etwas, das sie angesichts all dessen, was passieren konnte, hören musste. „Manche Leute haben Angst vor dem, was anders ist. Ich schätze, ich war auch eine von denen. Ich denke, ich sollte wohl auf meinen eigenen Rat hören, oder?"

„Nun, hast du nach heute Abend deine Meinung geändert? Bram ist nett. Mr. MacLeod auch. Und du hattest auch Spaß mit Mr. Whitby, oder?"

„Ich gebe zu, dass ich jetzt weniger Angst habe als bei unserer Ankunft hier."

„Also, was wirst du tun, Mum?"

Die alles entscheidende Frage – was würde Dawn tun?

Sie nahm sich eine Sekunde, um Daisy fester an sich zu drücken und einfach in dem Gefühl zu schwelgen, wie sehr sie ihre Tochter liebte.

Doch als Daisy versuchte, sich umzudrehen, lehnte sich Dawn zurück, um ihr in die Augen zu sehen, und sagte: „Ich habe zuerst noch eine Frage, Liebes. War irgendjemand in Stonefire je gemein zu dir? Oder hat versucht, dich zu verscheuchen?"

Daisy schüttelte den Kopf. „Nein, obwohl Freddie sagt, dass es einige ältere Kinder gibt, die jeden ärgern. Wenn sie mich ärgern, wäre es also fast so, als gehörte ich zu Stonefire. Also hoffe ich sogar, dass sie es bald tun."

Dawn unterdrückte ein Lächeln. Daisy wusste so viel über den Drachenclan, sogar, wie sie unter den Jugendlichen akzeptiert werden konnte.

Während sie mit dem Haar ihrer Tochter spielte, nahm sich Dawn eine Sekunde, um alles, was sie wusste, noch einmal durchzugehen und absolut sicher zu sein, was sie als Nächstes sagen würde.

Daisy hatte mehr Probleme mit den Kindern in der Menschenschule als mit den Drachen.

Lucy und ihre Mutter hatten Daisy wegen ihrer Verbindung zu den Drachen, die sie so sehr mochte, sozusagen verlassen.

Daisy und Dawn wollten beide ein weiteres Kind in der Familie.

Und durch die Begeisterung ihrer Tochter war Dawn ziemlich sicher, dass sie sich bei den Drachenwandlern wohler fühlen könnte.

Ganz zu schweigen davon, dass sie ihren aktuellen Job nicht mochte und sie einen anderen finden konnte, wie sie es schon ein paar Mal zuvor getan hatte.

Sie konnte sich eigentlich nur für eine Option entscheiden.

Daisy rutschte auf ihrem Schoß, und Dawn sprach endlich wieder. „Ich werde noch nicht zu allem Ja sagen. Allerdings hat Bram gesagt, dass der Arzt hier Mr. Whitbys Drachen für ein paar Tage ruhigstellen wird, damit ich mit ihm sprechen kann. Danach werde ich meine endgültige Entscheidung treffen. Aber in der Zwischenzeit musst du bei Emilys Familie wohnen, vorausgesetzt, sie sagen, dass es in Ordnung ist."

Daisy runzelte die Stirn. „Kann ich nicht auch hierbleiben?"

Dawn lächelte über Daisys Verzweiflung. „Noch nicht. Du hast Schule, und ich brauche etwas Zeit allein mit Blake, äh, Mr. Whitby."

Daisy drehte sich etwas weiter, um besser in ihre Augen sehen zu können. „Also, nachdem ihr ein paar Tage verschwunden seid, werdet ihr feiern, dass ein neues Baby kommt?"

Blut schoss in Dawns Wangen. Wie viel hatte Freddie Daisy über den Gefährtenrausch erzählt? Sie würde selbst mehr herausfinden und dann Daisy aufklären müssen, damit sie nicht völlig im Dunkeln tappte. Immerhin war ihre Tochter elf und würde bald eine Frau sein.

Dawn räusperte sich, bevor sie sagte: „Nein. Wenn ich mich entscheide, seinen Drachen zu akzeptieren, wird es danach passieren. Aber mach dir noch nicht zu viele Hoffnungen, Daisy Mae. Dein Vater hat uns verlassen, und ich will das nicht noch einmal mit jemand anderem durchstehen und uns beide traurig machen. Also muss ich mir bei Mr. Whitby zumindest ein wenig sicher sein, bevor ich mit ihm verschwinde, wie dein Freund es ausgedrückt hat."

„Oh, ich glaube nicht, dass Mr. Whitby uns

verlassen würde. Er ist nett und würde dich wahrscheinlich nur beschützen wollen. So ungefähr wie Freddie mich beschützen will."

Sie lächelte endlich wieder über die absolute Gewissheit in Daisys Stimme. „Wir werden sehen, Liebes. Wir werden sehen." Sie hob Daisy von ihrem Schoß und stand auf. „Lass uns zuerst Emilys Mutter finden, und dann werde ich wieder mit Bram sprechen. Wenn Emilys Mutter sagt, dass es in Ordnung ist, versprich mir, dass du dich besonders brav benimmst. Kein Herumwandern oder Lügen erzählen, unter anderem."

Daisy hüpfte von einem Fuß auf den anderen, ein Zeichen dafür, dass sie aufgeregt war. „Ich verspreche es, Mum. Wenn es auch nur die kleinste Chance gibt, dass wir in Stonefire leben können, werde ich das allerbeste Mädchen überhaupt sein."

Dawn konnte nicht anders, als darüber zu lachen, wie dick Daisy auftrug. „Schade, dass ich nicht dabei sein werde, um das zu sehen." Sie nahm Daisys Hand. „Dann komm. Es gibt noch viel zu tun."

Während sie ihre Tochter zurück in die große Halle führte, fragte sich Dawn, wie lange es dauern würde, bis sie Blake wieder sehen konnte. Jetzt, da sie eine Entscheidung getroffen hatte, war sie begierig darauf, loszulegen. Nur dann konnte sie wirklich wissen, welchen Weg ihr Leben nehmen würde.

Aber Daisy begann, an ihrer Hand zu ziehen,

damit sie schneller ging, und sie schob alle anderen Gedanken beiseite. Eins nach dem anderen – sie musste Daisy in die Obhut von Mariana Barlow geben. Dann konnte sie nach Blake fragen.

Kapitel Sechs

Blake starrte an die Decke seines Zimmers auf der Krankenstation, beunruhigt von der völligen Stille und Leere in seinem Kopf. Einer Stille, die er nicht mehr erlebt hatte, seit sein Drache vor etwas über dreißig Jahren zum ersten Mal mit ihm gesprochen hatte.

Er erinnerte sich vage daran, wie Dr. Sid seinen Drachen sediert hatte – an sonst nicht viel, bis er vor ein paar Minuten aufgewacht war.

Nun ja, abgesehen von Dawn Chadwick. Selbst ohne seinen Drachen, der verlangte, sie zu finden und zu lieben, waren seine Gedanken erfüllt von der Menschenfrau.

Ihr Lächeln, ihr lockeres Necken, die Art, wie sie ihm erlaubt hatte, sich entspannt und nicht ängstlich zu fühlen, wie er es bei den meisten war.

Zum ersten Mal gestand sich Blake ein, wie sehr er sich eine Chance mit einer Frau wünschte.

Nicht, dass das passieren würde. Sie wäre

inzwischen sicher längst weg. Menschen, die nicht viel über Drachenwandler wussten, hatten Angst vor dem Rausch und allem, was damit einherging.

Nicht nur das, Dawn musste auch an ihre Tochter denken. Wie die meisten Menschen dachte sie wahrscheinlich, sie müsse ihr Kind vor den Drachen schützen, obwohl Drachenwandler ihre Kinder in der Regel mehr schätzten als viele Menschen.

Vielleicht hätte er versuchen sollen, es Dawn besser zu erklären, anstatt die Anziehung zu seiner wahren Gefährtin zu verheimlichen. Vielleicht wäre sie dennoch weggelaufen. Aber es bestand die Möglichkeit, dass sie nicht geflohen wäre, ohne mehr mit ihm zu reden.

Wenn sein inneres Tier wach wäre, würde es wahrscheinlich erwähnen, wie recht es gehabt und Blake sich geirrt hatte.

Er vermisste seinen verdammt nervigen Drachen.

Ein Klopfen an der Tür holte ihn aus seinen Gedanken, und im nächsten Moment kam Dr. Sid Jackson – Stonefires Chefärztin – in einem Laborkittel und mit ihrem üblichen Pferdeschwanz herein. Sie blieb an seinem Bett stehen und fragte leise: „Ist dein Drache immer noch still?"

Sid war eine brillante Ärztin und zuckte normalerweise nicht mit der Wimper, wenn es darum ging, Befehle zu erteilen oder widerspenstige Drachenwandler in ihre Schranken zu weisen. Doch ihr Drache hatte seit zwanzig Jahren geschwiegen, als Folge zu vieler Injektionen des Drachensedativums, das sie auch Blake verabreicht hatte. Das bedeutete, dass sie bei Patienten, die sie sedieren musste, etwas vorsichtiger war.

Er antwortete: „Ja, er ist ruhig und nicht in meinem Kopf."

Sid nickte. „Auch wenn ich nicht unbedingt sagen würde, dass das gut ist, ist es das, was wir für deinen nächsten Besucher brauchen."

Er runzelte die Stirn. „Besucher? Wer? Bram? Ich glaube nicht, dass irgendjemandem eines meiner aktuellen Projekte erklärt werden muss."

Sid musterte ihn einen Augenblick, bevor sie antwortete: „Dawn Chadwick ist hier, um dich zu sehen."

Er blinzelte. „Was?"

Sid hob die Brauen. „Du willst sie also nicht sehen?"

„Nein, nein, das habe ich nicht gesagt. Ich bin nur überrascht, das ist alles."

Konnte es sein, dass seine vom Schicksal bestimmte Frau stärker war, als er gedacht hatte? Vielleicht durfte er nicht so schnell über sie urteilen.

Natürlich wollte sie vielleicht nur höflich sein und Nein Danke sagen. Und vielleicht auch, dass er sie und ihre Tochter in Ruhe lassen solle.

So oder so würde er es nur erfahren, wenn er mit ihr sprach. Selbst ohne seinen Drachen beschleunigte sich sein Herzschlag ein wenig bei dem Gedanken, die schöne Menschenfrau wiederzusehen. Wenn er großes Glück hatte, würde sie vielleicht sogar einmal für ihn lächeln.

Die Ärztin musterte ihn erneut, bevor sie sagte: „Du solltest nicht überrascht sein. Ich denke, sie mag dich, Blake, und du weißt, dass ihre Tochter Drachenwandler fast mehr als alles andere liebt. Aber sag es mir ganz ehrlich – willst du sie sehen? Denn wenn du sie abweisen und so tun willst, als wäre es keine große Sache, deine wahre Gefährtin gefunden zu haben, erspare ich ihr das Drama."

Blake war normalerweise nicht so direkt anderen gegenüber, aber Sid war da gewesen, als seine Mutter krank wurde, und hatte ihr bis zum Schluss geholfen. Er schuldete der Ärztin nichts, aber er respektierte sie. Also antwortete er: „Ich weiß, dass es eine große Sache ist. Es ist nur, dass sie zusammengezuckt ist, als sie ein paar Stunden vor dem Kuss meine blitzenden Augen zum ersten Mal gesehen hat. Also war ich mir nicht sicher, was ich denken sollte."

Sid grunzte. „Nun, sie hat Bram die Stirn geboten, also solltest du ihr etwas Anerkennung zollen. Sprich einfach mit ihr und schau, was passiert. Aber halte sie nicht zu lange hin, Blake. Sie muss an ihre Tochter denken."

Er hob die Brauen. „Seit wann gibst du Beziehungstipps?"

Sid zuckte mit den Schultern. „Ich spare sie mir nur für sture Drachenwandler auf, die Ausreden erfinden, warum sie keine Gefährtin haben sollten."

Er öffnete den Mund, schloss ihn aber prompt wieder. Die verdammte Ärztin war zu gut.

Sid neigte den Kopf. „Also? Willst du sie sehen?"

Vielleicht hätte er vor dem Kuss so tun können, als würden ihm Dawn und ihre Tochter zu viel Arbeit machen. Oder er hätte vernünftig begründen können, dass sie ihm zu viel Zeit von seiner Forschung nehmen würden.

Oder hätte sich eine Million anderer Ausreden einfallen lassen können.

Doch jetzt war sein Drache involviert. Und das Letzte, was er tun wollte, war, seinem inneren Tier unnötigen Schmerz zuzufügen. Denn genau das würde passieren, wenn Dawn floh und er den Rausch nicht durchlebte – Jahre voller Schmerz und Kampf für sie beide.

Da sie sich die Mühe gemacht hatte, ihn zu besuchen, musste er Dawn zumindest eine Chance geben.

Blake sagte: „Lass sie herein."

„Das werde ich. Aber Nikki wird direkt vor der Tür stehen und horchen, ob es Schwierigkeiten gibt. Also sei vorsichtig. Du weißt, was passieren könnte, wenn du sie berührst."

Es könnte seinen inneren Drachen wecken. Und Nikki war eine von Stonefires Beschützern, die für die Clansicherheit zuständig waren. Mehr noch, sie war die Stellvertreterin des obersten Beschützers und jemand, den man nicht verärgern wollte, wenn es sich vermeiden ließ.

In gewisser Weise war er froh, dass Nikki in der

Nähe war. Das Letzte, was er wollte, war, Dawn zu verletzen, ob unbeabsichtigt oder nicht.

Bevor er sagen konnte, dass er keine Frau absichtlich in Bedrängnis bringen würde, ging Sid und schloss die Tür hinter sich.

Und obwohl es wahrscheinlich nur Sekunden waren, fühlte es sich an, als würden Jahre vergehen, ehe ein zaghaftes Klopfen an der Tür zu hören war.

Er rief: „Herein!"

Die Tür schwang zum Raum auf und gab den Blick frei auf Dawn, gehüllt in zu große Kleidung für ihre zierliche Statur.

Nicht, dass es ihm was ausmachte. Sein Blick war auf ihr Gesicht geheftet, ihre strahlenden Augen und vollen Lippen so perfekt wie zuvor.

Sie musste die verdammt schönste Frau sein, die er je gesehen hatte. Wie zum Teufel er sie als seine wahre Gefährtin gefunden hatte, hatte er keine Ahnung.

„Hallo", sagte sie, als sie das Zimmer betrat und die Tür hinter sich schloss.

Auch wenn er wusste, dass sie Abstand halten mussten, wünschte er sich, sie würde näherkommen. „Hallo, Dawn."

Für ein paar Sekunden herrschte Stille, ein schmerzhafter Kontrast zu ihrem letzten Treffen.

Natürlich musste sie jetzt wissen, was ein Gefährtenrausch mit sich brachte, und hatte wahrscheinlich Angst, sein Drache könnte aufwachen und versuchen, sie zu beanspruchen.

Während er noch überlegte, wie er ihr die

Ängste zumindest ein wenig nehmen konnte, sprach sie schließlich wieder. „Es ist fast seltsam, Ihre Pupillen nicht blitzen zu sehen. Ich weiß, es hat mich anfangs erschreckt, aber ich habe in den letzten zwölf Stunden so viele Augenpaare gesehen, dass es fast normal ist."

Ihr Kommentar war eine weitere Erinnerung daran, dass sein Drache – und bester Freund – still war. Er dachte jedoch nicht, dass sie absichtlich versuchte, ihm Schmerz zu bereiten. Stattdessen konzentrierte er sich auf den Rest ihrer Worte. „Was haben Sie denn in den letzten zwölf Stunden gemacht?"

Sie lachte, der Klang ein Balsam für sein Innerstes. War es immer so mit wahren Gefährten, dass sie zu perfekt für Worte schienen? Ein weiteres Beispiel dafür, dass Blakes selbstauferlegte Isolation ihn nun im Ungewissen hielt.

Dawn erwiderte: „Sagen wir einfach, ein Drachenkind ins Bett zu bringen kann etwas schwieriger sein, wenn beide Persönlichkeiten dagegen ankämpfen. Und bevor Sie fragen: Ich wohne gerade bei Sasha Atherton."

Er lächelte. „Nun, Freddie und sein Bruder sind etwas energiegeladener als die meisten. Viel Glück dabei!" Er hielt inne und entschied, dass der Smalltalk warten konnte. Es war Zeit, direkt zu sein. „Warum sind Sie noch hier, Dawn? Ich dachte, Sie hätten die Flucht ergriffen."

Sie trat einen Schritt näher und neigte den Kopf. „Wollten Sie, dass ich fliehe?"

Er platzte heraus: „Nein."

„Gut. Ich weiß, das ist alles ein wenig unangenehm, aber ich wollte einfach noch einmal mit Ihnen sprechen. Ich habe nur ein paar Tage, um eine sehr wichtige Entscheidung zu treffen, und Sie besser kennenzulernen, wird mir dabei helfen."

Er wünschte, sein Drache wäre wach, um Dawn ebenfalls kennenlernen zu können. Aber das war unmöglich, und so entschied er, das anzunehmen, was er hatte, solange er es noch hatte. „Also haben sie Ihnen vom Gefährtenrausch erzählt und allem, was damit einhergeht?"

Sie nickte. „Ja, und ich bin nicht völlig dagegen. Aber ich wurde schon einmal verletzt und möchte versuchen, sicherzustellen, dass es nicht wieder passiert."

Ihr Mistkerl-Ex. Ein Knurren entkam ihm, bevor er es unterdrücken konnte. „Ich würde niemals unser Kind im Stich lassen. Was auch immer passiert, selbst wenn wir als Gefährten langfristig nicht zusammenpassen, werde ich mich immer am Leben unseres Kindes beteiligen und tun, was ich kann, um es zu schützen."

Sie sah ihm in die Augen. „Und was ist mit Daisy? Auch wenn sie nicht Ihr Kind ist, wird sie wahrscheinlich ebenfalls Schutz brauchen, wenn wir hier leben. Es gibt nicht viele Menschen in Stonefire."

„Es gibt mehr, als Sie denken. Und unser Clan ist nicht wie manch anderer, da wir Menschen jetzt willkommen heißen. Wenn Melanie oder Evie auch nur ansatzweise etwas von Misshandlung hören, würde die Hölle ausbrechen."

Melanie war Stonefire vor ein paar Jahren als Menschenopfer gegeben worden und hatte letztendlich ein Buch über Drachenwandler geschrieben, das den Weg für ein besseres Verständnis ebnete. Sie und Evie passten inoffiziell auf alle Menschen in Stonefire auf, manchmal mit Hilfe einer weiteren Menschenfrau namens Jane.

Dawn antwortete: „Auch wenn mich das freut, braucht Daisy eine Art Stabilität. Ich denke, es würde ihr das Herz brechen, wenn Sie unser gemeinsames Kind verwöhnen, sie aber ignorieren."

Er blinzelte. „Ich habe nie gesagt, dass ich sie ignorieren würde. Ich möchte ehrlich sein und sagen, dass es Zeit brauchen wird, sie zu mögen, da ich sie erst kürzlich kennengelernt habe – genau wie Sie. Aber sie wird die Halbschwester unseres Kindes sein, wenn Sie den Rausch durchmachen. Und das ist für mich Familie."

Dawn sah ihm wieder in die Augen, und er hoffte, dass er das Richtige gesagt hatte. Er war nicht so gut wie andere darin, humorvoll eine Situation zu entschärfen, oder mit schönen Worten zu beeindrucken.

Er sagte einfach die Wahrheit. Und oft gefiel den Leuten das nicht.

Sie trat einen weiteren Schritt näher. Vielleicht hätte er ihr sagen sollen, sie solle bei der Tür bleiben, aber es brachte sie nah genug, dass ihr Duft seine Nase erreichte. Und ihr weiblicher, sanft blumiger Duft beruhigte ihn.

„Nun, dann schätze ich, das bedeutet, wir machen eine Art Speed-Dating, um zu sehen, ob wir zusammenpassen?" Sie hob ihr Handy und wedelte damit hin und her. „Ich kann sogar einen Timer auf meinem Handy einstellen, wenn Sie wollen, um es echter wirken zu lassen, inklusive nervigem Summton."

Und einfach so hellten ihre Worte die Stimmung auf.

Noch nie hatte jemand bei Blake versucht, das zu tun. Nun, es sei denn, sie waren darauf aus, dass er wandelte, damit sie seinen Glücksfleck anfassen konnten.

Doch Dawn wusste nicht einmal von dem verdammten Fleck. Sie wollte ihn einfach kennenlernen.

Weswegen er sie umso mehr wollte.

Er deutete auf den Stuhl an der Wand. „Es ist wahrscheinlich am besten, wenn Sie dort sitzen, während wir das machen."

Sie schmunzelte und setzte sich in den Stuhl. „Gut, sind Sie dann bereit? Sechzig Sekunden für jeden, um es kurz und schmerzlos zu halten? Sie können sogar die erste Frage stellen."

Er konnte sich nicht erinnern, wann er das letzte Mal irgendein Spiel gespielt hatte. Blake verbrachte die meiste Zeit mit Arbeit, Fliegen oder Schwimmen im See.

Und doch hatte er nie etwas lieber tun wollen. „Ich denke, es ist Zeit, loszulegen – also können Sie die erste Frage stellen, da es Ihre Idee war."

„Okay." Sie drückte den Startknopf für den Timer auf ihrem Handy, und er wartete, um zu sehen, was Dawn ihn fragen würde.

In der ersten Minute, nachdem sie Blakes Zimmer betreten hatte, war Dawn sich nicht sicher gewesen, ob sie die richtige Entscheidung getroffen hatte. Sie wusste, dass Blake schüchtern und nicht die geselligste Person der Welt war, aber es war angespannt und unangenehm gewesen.

Doch er hatte sich bald geöffnet und sogar gesagt, dass er Daisy als Familie betrachten würde, wenn sie den Rausch durchmachten.

Das war eine ihrer größten Sorgen gewesen. Ja, sie musste noch sicherstellen, dass Blake seinen Worten Taten folgen ließ, aber es war ein Anfang.

Was sie dazu gebracht hatte, ihn zu bitten, ihre alberne Speed-Dating-Idee zu spielen. Und überraschenderweise hatte er zugestimmt, was sie denken ließ, dass der Drachenmann mehr Schichten hatte, als er zeigte.

Also drückte sie den Knopf für den Countdown-Timer und stellte zuerst eine leichte Frage. „Was ist Ihr Lieblingsessen?"

Er runzelte ein wenig die Stirn. „Wollen Sie Ihre

Frage wirklich dafür verschwenden?" Sie hob die Brauen, nickte, und er antwortete: „Jede Art von Pasta. Können Sie Pasta kochen?"

„Einigermaßen. Obwohl, wenn alles andere fehlschlägt, gibt es immer noch die Saucengläser." Er rümpfte die Nase, und sie lachte. „Nun, dann können Sie das Kochen übernehmen, falls es dazu kommt."

Er lächelte. „Ich kann tatsächlich ziemlich gut kochen, also ist das kein Problem."

Gerade als sie mehr fragen wollte, ging der Timer los. Blake hob die Brauen, und sie stellte ihn zurück. Sie deutete auf ihn. „Okay, ich starte ihn, sobald Sie anfangen zu sprechen."

Er zögerte nicht. „Was machen Sie gern für sich selbst? Nicht für Daisy oder als Mutter, sondern für sich selbst?"

Dawn musste einen Moment darüber nachdenken. Ihr Leben war jahrelang von ihrer Tochter bestimmt gewesen – wie sie sich um sie kümmern sollte, genug verdiente, um weiter in ihrem Haus wohnen zu können, und sowohl Mutter als auch Vater für sie sein konnte.

Aber manchmal, wenn sie eine freie Minute hatte, tat Dawn tatsächlich ein paar Dinge für sich selbst. Sie antwortete: „Ich zeichne gern und male gelegentlich."

„Was zeichnen Sie?"

Sie zuckte mit den Schultern. „Hauptsächlich Blumen. Und manchmal Vögel oder andere kleine

Tiere. Vielleicht, wenn ich die Gelegenheit bekomme, könnte ich mein Glück mit einem Drachen versuchen."

„Ich würde später gern etwas von Ihnen sehen, wenn nicht jeden Moment ein verdammter Summer losgehen kann."

Und genau wie auf Stichwort tat er es.

Sie kicherte. „Ich werde mich nicht für den Summer entschuldigen. Das macht ziemlich Spaß, mehr, als ich dachte. Jetzt bin ich dran." Sie stellte ihn wieder zurück und entschied sich diesmal für eine etwas ernstere Frage. Hoffentlich würde Blake nicht dichtmachen. „Warum leben Sie abseits von allen anderen? Sasha hat mir gezeigt, wo Ihr Cottage ist – direkt an der Grenze des Clanlands."

Er hielt eine Sekunde inne, und sie fragte sich, ob er sich weigern würde zu antworten.

Laut Sasha enthüllte Blake anscheinend nicht viel über sich selbst. Und ihre neue Freundin hatte sie davor gewarnt, nach seinem Drachen zu fragen, bis sie sich wohler miteinander fühlten.

Was Dawn natürlich umso neugieriger gemacht hatte.

Also war die Frage nach seinem abgelegenen Zuhause das Nächste, was sie hatte tun können.

Er sagte schließlich: „Ich mag Privatsphäre. Ich habe versucht, näher bei allen anderen zu leben, aber die Aufmerksamkeit hat mich von meiner Arbeit abgelenkt."

Es war schwer, nicht nach dem Warum zu fragen – aber sie hatte das Gefühl, dass es mit seinem Drachen zu tun hatte –, also fragte sie stattdessen: „Woran arbeiten Sie gerade? Es klang wichtig gestern Abend."

„Das wäre eine sehr lange Antwort. Aber die kurze Version lautet, dass es darum geht, den Clan vor einem unserer Feinde zu schützen."

Der verdammte Timer ging wieder los, bevor sie nach mehr Details fragen konnte. Doch Blake zeigte, ohne zu blinzeln, darauf und wollte seinen Zug. Mit einem Seufzer stellte sie ihn zurück, und er fragte: „Erzählen Sie mir, wie Ihr perfekter Tag aussieht."

„Hm, ich bin mir nicht sicher. Ich schätze, sonnig und warm und irgendwo am See, am Meer oder in einem weiten, offenen Tal. Irgendwo mit wenigen Menschen und einer Menge Natur. Ich lebe mitten in Manchester, und das kann man in der Stadt nicht wirklich finden. Ein Park ist nicht ganz dasselbe."

„Vermutlich nicht."

Sie musterte ihn. „Waren Sie noch nie in Manchester?"

Er schüttelte den Kopf. „Ich war noch nie in einer Menschenstadt, niemals. Ich habe lediglich ein paar Dörfer im Lake District besucht, und das nur als Teenager."

Dawn wünschte sich, sie wüsste mehr über all die Gesetze und Regeln für Drachenwandler. Aber auf die Gefahr hin, dumm zu klingen, fragte sie: „Weil Sie nicht dürfen?"

Er zuckte mit den Schultern. „Ich könnte sie

manchmal besuchen, vorausgesetzt, ich halte alle Gesetze ein. Allerdings hasse ich große Menschenmengen. Und die Gerüche sind überwältigend, ganz zu schweigen von all dem Lärm. Manche Drachenwandler mögen es oder tolerieren es zumindest, aber sowohl mein Tier als auch ich können es nicht ausstehen. Es ist schwer genug, das in einem Dorf oder einem menschlichen Restaurant zu tun, also kommt eine richtige Stadt nicht infrage."

Sie wollte gerade fragen, ob es mehr damit zu tun hatte, wie die Menschen ihn als Drachenwandler sahen, da selbst mit verdecktem Tattoo auf seinem Bizeps seine üblichen blitzenden Pupillen ihn verraten würden. Doch der Timer summte wieder. Sie murmelte: „Das fängt wirklich an, mich zu nerven. Gerade wenn wir zu den guten Teilen kommen, geht er los."

Blake lachte leise, und der Klang ließ sie lächeln. Er war tief und beruhigend – und etwas, das sie gern öfter hören würde.

Sie schob diese Erkenntnis beiseite und fragte: „Was?"

Er schmunzelte. „Du bist süß, wenn du gereizt bist."

„Finden Sie?"

„Ja. Und finden Sie nicht auch, dass wir uns langsam duzen sollten?"

Sie seufzte. „Warum eigentlich nicht." Dann schmunzelte sie. „Pass nur auf, dass du dann nicht am empfangenden Ende sitzt, wenn ich gereizt bin

– sonst würdest du deine Meinung schnell ändern. Ich werde nicht oft wütend, aber wenn, dann neige ich dazu, den Kopf zu verlieren und schreie wie am Spieß."

Er schüttelte den Kopf. „Du bist jetzt auf Drachenland, Dawn. Es ist schon mehr nötig als nur Schreien, um uns zu erschrecken."

Sie grunzte. „Wir werden sehen. Ich bin mir sicher, irgendjemand wird das irgendwann auf die Probe stellen."

Er hob eine Augenbraue. „Und es wird nur zeigen, dass ich recht habe."

Während sie einander anstarrten und ein Lächeln austauschten, wurde Dawn etwas klar – sie würde zu Blake und dem Rausch nicht Nein sagen.

Allerdings hatte sie zu viel Spaß mit ihm, um ihm jetzt schon ihre Antwort zu geben. Sie konnte doch wohl zumindest ein wenig mehr Zeit haben, bevor sie sich festlegte und die Dinge in Gang setzte. Vielleicht konnte sie Sasha oder sogar Evie noch ein paar Fragen stellen, um sich besser vorzubereiten.

Es klopfte, und ein blonder Arzt betrat den Raum. Sie kannte seinen Namen nicht, doch er sprach mit schottischem Akzent. „Wir haben uns noch nicht offiziell kennengelernt, aber ich bin Dr. Gregor Innes. Und ich fürchte, die Besuchszeit ist fürs Erste vorbei. Cassidy hat gesagt, Sie können später wiederkommen, Dawn, und mit Blake zu Abend essen, wenn Sie möchten. Aber in der Zwischenzeit müssen wir eine Untersuchung und ein paar Tests durchführen."

Dawn stand auf. „Okay." Sie sah wieder zu Blake. „Ich habe noch ein Spiel für uns, wenn ich dich später besuche, also sei bereit."

Ein Mundwinkel zuckte nach oben, die kleine Veränderung machte ihn für Dawn noch attraktiver. Nicht, dass das schwer war. Seine haselnussbraunen Augen und das leicht zerzauste Haar weckten in ihr den Wunsch, zu ihm zu gehen, die wilden Locken zu glätten und die Stoppeln an seinen Wangen zu berühren, nur um die Rauheit an ihren Fingern zu spüren.

Vielleicht sogar eine Hand auf seine Brust zu legen und zu sehen, ob er die gleichen durchtrainierten Muskeln hatte wie die anderen Drachenwandler, die sie bisher gesehen hatte.

Sie erinnerte sich auch an seinen Duft vom Vortag, als sie in einem kleineren Raum miteinander gearbeitet hatten. Eine erdige Mischung aus Mann, Wald und etwas, das sie nicht definieren konnte.

Jetzt war es offiziell – es war wirklich zu lange her, seit sie mit einem Mann zusammen gewesen war.

Blake antwortete und holte sie in die Gegenwart zurück: „Ich freue mich darauf."

Bevor sie sich in einem weiteren Tagtraum über Blake und was er unter seiner Kleidung verbarg verlor, winkte Dawn zum Abschied.

Und sie konnte nicht aufhören zu lächeln, als sie sich mit der Drachenfrau namens Nikki traf und die Krankenstation verließ. Es war so lange her, seit sie gedatet hatte, und sie hatte befürchtet, es könnte langweilig, unangenehm oder beides sein. Doch sie hatte es tatsächlich genossen.

Vielleicht, ja vielleicht, war Blake ihre zweite Chance.

Kapitel Sieben

Stunden später musste Dawn sich zusammenreißen, die Tragetasche in ihrer Hand nicht zu schwingen. Ihre Tochter war nicht die Einzige, die zappelig wurde, wenn sie nervös war – Dawn wurde es auch. Sie war weniger nervös als vielmehr begierig auf ihr quasi zweites Date mit Blake.

Sie tat es hauptsächlich, um auf der sicheren Seite zu sein; der Rausch könnte schon am nächsten Tag beginnen, und sie wollte vorher so viel Zeit wie möglich mit ihm verbringen.

An ihrer Seite ging die dunkelhaarige Sasha Atherton. Sie hatte sich freiwillig angeboten, Dawn zur Krankenstation zu begleiten, damit Nikki etwas Zeit mit ihrer kleinen Tochter verbringen konnte. Sasha war keine Beschützerin, aber ihr Bruder Zain war es – und ein ziemlich guter, mit dem sich niemand anlegen wollte, was bedeutete, dass sie für einen kurzen Spaziergang sicher genug sein sollten.

Die Drachenfrau ergriff das Wort. „Das hier ist kein Rennen, weißt du? Blake wird auch noch da sein, wenn wir in normalem Tempo gehen."

Dawn hatte nicht bemerkt, wie schnell sie unterwegs war, und drosselte ihr Tempo. „Tut mir leid, aber es ist so lange her, dass ich mich auf ein Date mit einem Mann gefreut habe – und darauf, einen Abend ohne Sorgen um Daisy zu verbringen. Ich bin einfach aufgeregt, schätze ich."

Sie hatte vor etwa fünfundvierzig Minuten mit ihrer Tochter gesprochen. Daisy war ihr übliches, fröhliches Selbst gewesen und schien die Zeit mit Emilys Familie zu genießen.

Dennoch vermisste Dawn sie. Es waren so lange nur sie und Daisy gewesen, dass es seltsam war, längere Zeit von ihr getrennt zu sein.

Aber es ließ sich nicht ändern, nicht, wenn sie sicherstellen wollte, dass Daisy ihre Freundschaft mit Freddie und den anderen Drachenkindern aufrechterhalten konnte. Also konzentrierte sich Dawn wieder auf Sasha und sagte: „Ich dachte, Drachenwandler seien in Topform. Willst du sagen, dass eine bloße Menschenfrau dich außer Puste bringt?"

Sasha schnaubte. „Na, sieh mal einer an, ganz schön frech! Ich mag dich immer mehr, Dawn. Ich bin froh, dass du in Stonefire leben wirst, und nicht nur, weil das bedeutet, dass Freddie mich dann nicht mehr ständig fragt, wann er Daisy wiedersehen kann."

„Sie hängen ganz schön aneinander, nicht wahr?"

Sasha nickte. „Ja, aber es ist gut für beide, denke ich. Zumindest hat Freddies Verhalten sich in letzter Zeit etwas verbessert. Er war nie ein Unruhestifter, aber seine Gedanken schweifen im Unterricht manchmal ab. Er ist jetzt viel besser, fast so, als müsste er jede Kleinigkeit lernen, damit er Daisy helfen kann, es auch zu verstehen. Er könnte sogar ein Musterschüler werden, damit er ihr helfen kann, wenn sie hier in die Schule kommt."

„Vielleicht sollten sie im Unterricht nur nicht nebeneinandersitzen, sonst schaffen sie nichts."

Sasha lächelte. „Das müssen die Lehrer entscheiden. Wenn sie das jetzt nicht bemerken, werden sie es bald genug herausfinden." Sasha hakte sich bei Dawn ein und fügte hinzu: „Ich bin auch froh, dass du hier bist. Und nicht nur für mich und meinen Jungen. Du und Blake seid beide einsame Menschen, und ich bin überglücklich, dass ihr jetzt eine Chance habt."

Vielleicht hätte Dawn es bei jemand anderem geleugnet. Doch Sasha war in so kurzer Zeit eine gute Freundin geworden. Sie war die erste echte Freundin, die Dawn seit Jahren gefunden hatte, vielleicht seit ihr Ex-Mann sie verlassen hatte. „Nichts ist garantiert, Sasha, und das weißt du."

Die Drachenfrau zuckte mit einer Schulter. „Vielleicht. Aber wenn zwei gutherzige Personen eine Wahre-Gefährten-Paarung nicht hinbekommen, dann weiß ich nicht, wer es kann.

Besonders, da mein Gefährte – den ich als Kind nicht besonders mochte, der aber später perfekt zu mir passte – und ich es geschafft haben und immer noch manchmal verliebt turteln, wie meine Jungs mit halb angewidertem Stirnrunzeln bezeugen können."

Dawn kicherte. „Das gehört zum Muttersein dazu, seine Kinder manchmal zu nerven."

Sasha zwinkerte. „Natürlich tut es das. Es wäre ja sonst kein Spaß."

Die Umrisse der Klinik kamen in Sicht, und Dawn wechselte widerwillig das Thema, erinnerte sich jedoch daran, dass sie noch viel mehr Zeit haben würde, mit Sasha zu reden, wenn mit Blake alles gut lief. „Gleich beginnt mein zweites – und letztes – Date, bevor ich mit ihm Sex habe. Es ist seltsam, wenn man darüber nachdenkt."

Sasha begegnete ihrem Blick, Belustigung funkelte in ihren Augen. „Oh, es ist mehr als bloßer Sex, meine Liebe. Ein Gefährtenrausch ist ein Erlebnis wie kein anderes."

Obwohl sie Sasha ein paar Fragen gestellt hatte, wie der Rausch funktionierte, hatte Dawn sich zurückgehalten, nach ihren Ängsten zu fragen. Da sie nun aber bald einen durchmachen würde, entschied sie sich, mutig zu sein und endlich zu fragen: „Es ist aber nicht beängstigend, oder?"

Ihre Freundin hob die Brauen. „Ich kann mir nicht vorstellen, dass ein Gefährtenrausch mit Blake je beängstigend wäre. Und nein, ich will den Mann nicht beleidigen. Er ist nur zurückhaltend und

freundlich, und der Typ Mann, der eine Spinne
nach draußen bringt, anstatt sie zu töten." Sasha
räusperte sich. „Das klingt nicht wirklich besonders
gut. Aber es wird nicht langweilig sein. Seine
Drachenhälfte wird dafür sorgen. Normalerweise
übernimmt das innere Tier die zweite Runde, und
danach wechseln sie sich ab – fast wie ein Tag-
Team." Sasha lehnte sich näher und flüsterte: „Und
wer weiß, manchmal können die Stillen einen
überraschen."

Dawns Wangen erhitzten sich bei dem
Gedanken an Blake, nackt und über ihr, knurrend,
während er sie nahm und beanspruchte. Sie hätte
nichts gegen eine kleine Überraschung in dieser
Hinsicht. Besonders, da ihre letzte langfristige
sexuelle Beziehung mit ihrem Ex war, und das hatte
viele Zeitpläne und Tabellen erfordert, um
schwanger zu werden. Selbst bevor sie auf IVF-
Methoden umgestiegen waren, war der anfängliche
Funke verschwunden.

Was sie daran erinnerte, dass es lange her war,
seit sie Sex gehabt hatte, und sie hoffte nur, ihn
nicht zu enttäuschen.

Nein. Es würde gut werden. Nun, hoffentlich
mehr als gut. Sie würde es bald genug
herausfinden.

Sie erreichten die Klinik und gingen hinein.
Doch sie blieben im Empfangsbereich stehen, und
Sasha deutete auf den Tresen. „Geh und hab Spaß,
Dawn. Du verdienst es. Ruf mich einfach an, wenn
du fertig bist, und ich hole dich ab."

Sie nickte; sie verabschiedeten sich, und Sasha zwinkerte ihr zu.

Je mehr sie mit den Stonefire-Leuten zu tun hatte, desto mehr mochte sie den Clan. Vielleicht konnte sie eines Tages wirklich dazugehören. Dawn machte sich keine Sorgen um Daisy – ihre Tochter würde sich innerhalb weniger Monate in die Herzen aller drängen –, aber Dawn hoffte, dass sie das auch hinbekam. Nach so vielen Jahren als alleinerziehende Mutter hatte sie fast vergessen, wie es war, mehr zu tun, als zu arbeiten und sich um Daisy zu kümmern.

Aber all das spielte an diesem Abend keine Rolle. Also schob sie ihre Zweifel beiseite und plauderte mit dem Mann am Empfang, bevor sie in den hinteren Bereich zu Blake geführt wurde.

Es war Zeit, das Beste aus ihrem zweiten – und letzten – Date mit dem Mann zu machen, mit dem sie bald ein Kind haben würde.

BLAKE HATTE in den letzten Stunden mit mehr Leuten gesprochen als sonst in einem Monat.

Es schien, als hätte jeder Ratschläge oder Warnungen für ihn.

Obwohl Brams Besuch derjenige war, der noch nachklang. Er hatte Blake gesagt, dass Dawn noch heute Abend ihre endgültige Antwort zum Rausch geben müsse. Auch wenn sein Drache genau genommen noch fast zwei weitere Tage ruhig bleiben sollte, wollten weder die Ärzte noch Bram das Risiko eingehen. Wenn Blakes Drache zu früh aufwachte, könnte er Dawn nachstellen, bevor sie bereit war.

Und dann wäre jede Chance, die sie hätten haben können, wahrscheinlich dahin.

Obwohl er keine verdammte Ahnung hatte, wie er sie für sich gewinnen sollte, wie Bram es ausdrückte. Es war eine Sache, sie zu necken und ein Spiel zu spielen, aber etwas ganz anderes, zu fragen: „Bist du bereit für einen Sex-Marathon mit mir?"

Sein Drache hätte wahrscheinlich einige Vorschläge, aber die ohrenbetäubende Stille in seinem Geist bestätigte nur, dass das keine Option war.

Auf ein Klopfen hin betrat Dawn sein Zimmer. Der bloße Anblick der Menschenfrau vertrieb seine Sorgen, was er nicht ganz verstand. Nur weil jemand seine wahre Gefährtin war, bedeutete das nicht, dass sie magische Macht über ihn hatte.

Aber soweit er wusste, war es so. Blake hatte noch nie eine dauerhafte Beziehung mit einer Frau gehabt. Jeder Versuch hatte in einer Katastrophe geendet wegen ihrer Besessenheit von seinem verdammten Fleck in Drachengestalt, was bedeutete, dass alles neu für ihn war.

Dawn schien jetzt besser passende Kleidung zu haben – vielleicht war ihre angekommen –, und sie trug eine große, voluminöse Tragetasche in einer Hand. Um eine peinliche Stille zu vermeiden, entschied er sich, zur Abwechslung das Gespräch zu beginnen. „Welches Tohuwabohu hast du für heute Abend geplant?"

Sie grinste. „Tohuwabohu hört man viel zu selten. Ich mag es. Obwohl es jetzt was viel Großartigeres erwarten lässt, als ich geplant habe."

Nachdem sie die Tür geschlossen hatte, zog Dawn einen Stuhl zu ihm, blieb aber einige Meter entfernt stehen. Er fragte: „Fangen wir vor dem Abendessen an?"

„Ah, ich sollte dir sagen, dass mein Spiel teils Abendessen, teils Unterhaltung ist."

Seine Neugier geweckt, setzte er sich im Bett anders hin und lehnte sich ein wenig vor. „Wirst du es mir sagen, oder muss ich raten?"

„Ich glaube nicht, dass du es erraten könntest, wenn ich ehrlich bin. Also ist es am besten, einfach loszulegen, oder?"

Dawn griff nach dem Nachttisch auf Rädern, der wie ein Tisch über sein Bett geschoben werden konnte, und manövrierte ihn vor sich. Er beobachtete, wie sie mehrere Behälter herausnahm – alle undurchsichtig, sodass er den Inhalt verdammt nochmal nicht sehen konnte – und dann die Tragetasche zur Seite warf.

Da er nicht einmal den Inhalt riechen konnte, musste ein Drachenwandler ihr bei der Vorbereitung geholfen haben, mit den speziellen Behältern, die sie benutzten. All die Gerüche aus menschengemachten Behältern konnten einen

Drachenwandler sonst ziemlich schnell in den Wahnsinn treiben.

Dawn tippte auf jeden Deckel, während sie sprach. „Ich habe hier viele verschiedene Gerichte, aber jedes ist mit Lebensmittelfarbe eingefärbt. Ich möchte sehen, ob du erraten kannst, was es ist. Und wenn du mit dem Probieren fertig bist, können wir uns sogar neue Namen für die seltsam gefärbten Speisen ausdenken."

Er hob eine Augenbraue. „Kann ich es nicht einfach durch Hinsehen erraten?"

„Nun, die Sache ist − du wirst sie für den ersten Teil nicht sehen können. Vielleicht riechen − das kann ich nicht verhindern, obwohl ich einiges mitgebracht habe, um die Gerüche zu überdecken −, aber Sasha hat mir eine Augenbinde gegeben." Sie warf sie ihm zu, und Blake fing sie. „Also, bist du bereit?"

Er blinzelte, als er die Augenbinde anstarrte. Was sie da vorhatte, war fast … kindisch.

Obwohl er mehr besorgt war, wie das Essen schmecken würde, angesichts dessen, was Dawn ihm vorhin über ihre Kochkünste erzählt hatte. Er wollte nichts ausspucken und ihre Gefühle verletzen, doch es schmeckte furchtbar. Also platzte er heraus: „Hast du das alles gekocht?"

Sie neigte den Kopf. „Schlauer Mann, sich daran zu erinnern, dass ich nicht immer gut koche. Sasha hat mir geholfen, also ist alles essbar. Ich werde danach auch etwas essen. Es wird unser Abendessen sein."

Allein der Gedanke daran, dass Dawn so hart gearbeitet hatte, um eine Vielzahl von Gerichten zuzubereiten und ihn zu unterhalten, stellte etwas mit Blakes Herzen an. Vielleicht war es ein kindisches Spiel, aber es war ihm egal. Es war fast so, als wollte er in Dawns Nähe etwas weniger ernst sein.

Er wedelte mit der Augenbinde in der Luft. „Was ist mit dir? Das scheint mir ein ziemlich einseitiges Spiel zu sein, wenn du mich fragst."

Sie zuckte mit den Schultern. „Oh, zuzusehen, wie du versuchst, mit einer Augenbinde etwas in deinen Mund zu bekommen, wird für mich ziemlich unterhaltsam sein."

Er hob die Brauen. „Vielleicht solltest du es nach mir versuchen. So wäre es fair – wir beide tun etwas Peinliches."

Sie schüttelte den Kopf. „Ich weiß ja, was alles ist, also müsste ich nicht wirklich raten."

Er schmunzelte. „Ich habe ein paar Krankenhaussnacks, die du probieren kannst."

Die fade waren und fast nach nichts schmeckten.

Sie winkte abweisend mit der Hand. „Gut, gut, ich werde später etwas probieren, wenn du willst. Aber du bist zuerst dran." Sie schlug die Hände zusammen und rieb sie. „Wollen wir anfangen?"

Es war seltsam zu sehen, wie jemand sich so sehr über etwas so Kleines freute. Blake war hart zu sich selbst und feierte selten seine Entdeckungen. Doch es hatte etwas Faszinierendes, wie offen Dawn mit allem war. Er konnte sich definitiv daran gewöhnen.

Vielleicht sogar mehr als das – er konnte süchtig nach Dawn und all ihren Eigenheiten werden.

Aber das war immer noch die Zukunft, und er musste sich auf die Gegenwart konzentrieren. Es war Zeit, Dawns Essen zu probieren.

Blake hob die Augenbinde fast an sein Gesicht. „Versprich mir, dass du keine Bilder oder Videos davon machst."

Sie schnippte mit den Fingern. „Und das war's mit meinem Plan, dich zu erpressen."

Der Ton ihrer Stimme sagte ihm, dass sie scherzte.

Und Blake war sich nicht ganz sicher, wie er sich revanchieren und sie necken sollte. Obwohl er spürte, dass er in Zukunft lernen musste, das leichter hinzubekommen, denn offenbar liebte seine wahre Gefährtin es, zu necken und verspielt zu sein.

Für sie würde er versuchen, sich nicht so sehr zurückzuhalten.

Blake wirbelte die Augenbinde herum – er mochte das Geräusch von Dawns Lachen – und legte sie dann über seine Augen. Er konnte sich gut vorstellen, wie sein Drache schnaubte und die Sache doch unterstützen würde. Von ihnen beiden war Blakes Drache die entspanntere Hälfte.

Sobald der Stoff festgebunden war, räusperte er sich. „Ich bin bereit."

Der erste Geruch, der ihn traf, war ein starker Lavendelduft, der viel zu überwältigend war, um zu irgendeinem Gericht hinzugefügt zu werden. Was bedeutete, dass Dawn wahrscheinlich etwas Lavendelöl mitgebracht hatte, um den Geruch des Essens zu überdecken.

Sie hatte nicht gescherzt, als sie sagte, sie würde versuchen, die Gerüche zu verbergen. Er wusste nicht, ob sie einfach gründlich war oder Vorschläge von Sasha Atherton bekommen hatte.

Blake konnte hören, wie sie Behälter öffnete und schließlich den Tisch auf Rädern zu ihm schob, was den Lavendelgeruch noch verstärkte. Sie sagte: „Ich weiß, ich soll dich nicht berühren, aber ich muss dir den Löffel reichen. Kannst du damit umgehen?"

Das Verlangen, auch nur die geringste Berührung ihrer Haut an seiner zu spüren, durchströmte seinen Körper. Selbst wenn sein Drache aufwachte und er verdammt nochmal gegen sein Tier kämpfen musste, war es Blake egal. „Ja."

„Okay, los geht's."

Ein Löffel wurde gegen seine Hand gedrückt, und er wartete darauf ... ja ... die leiseste Berührung ihrer Finger. Es war nicht mehr als ein Hauch von Wärme und Weichheit, aber es war eine der erotischsten Liebkosungen, die er je erlebt hatte, dank der Augenbinde.

Vielleicht sollte er das Stück Stoff behalten und es später bei Dawn verwenden, nach dem Rausch.

Ja, er fing an, an viel mehr als nur den Rausch zu denken.

Allzu bald verschwand die Berührung, und er

bemühte sich, bei dem Verlust nicht zu schmollen. Er war ein erwachsener Mann, um Himmels willen!

Dawns Stimme erfüllte den Raum. „Ertaste den Rand des kleinen Tisches und bewege dich langsam zum ersten Behälter."

Während er ihren Anweisungen folgte, wünschte er sich, dass das Essen nicht schrecklich wäre. Vielleicht würde es mit der Zeit einfacher werden, Dawn zu enttäuschen. Doch hier und jetzt wollte er sie nicht verstimmen.

Seine übliche Neigung zur Ehrlichkeit wurde auf die Probe gestellt.

Trotzdem fand er den ersten Behälter, versuchte ungeschickt, etwas Essen auf den Löffel zu bekommen, und bewegte es zu seinem Mund.

DAWN WUSSTE, dass das Essen probieren und die Lebensmittelfarbe kindisch waren. Und doch war es der perfekte Weg, Spaß zu haben und sich keine allzu großen Sorgen um peinliches Schweigen zu machen, da Blake sich auf das Essen konzentrieren würde und sie danach darüber reden konnten.

Es gab ihr auch Gelegenheit, Blake ein wenig zu studieren.

Mit seinen von dem dunklen Stoff bedeckten Augen sah sein Gesicht etwas rauer aus. Und nicht nur wegen der Stoppeln an seinen Wangen.

Es dauerte eine Sekunde, bis ihr einfiel, was es war, und dann traf es sie − seine Augen waren fast immer vorsichtig, als würde jemand ihn gleich etwas Unangenehmes fragen.

Wahrscheinlich etwas, das mit seinem Drachen zu tun hatte.

Verdammt, Dawn wollte so sehr sehen, wie er sich verwandelte, wohl wissend, dass es sie anfangs vielleicht ein wenig erschrecken würde. Und doch wusste sie, dass das erst nach dem Rausch passieren konnte, da ein Drachenwandler laut Sasha sein inneres Tier annehmen musste, um die Gestalt zu wechseln. Und das war unmöglich, mit einem Drachen, der brüllte, seine wahre Gefährtin zu beanspruchen.

Als Blake den ersten Löffel einer dunkelvioletten Mischung an seinen Mund hob, schob sie alle anderen Gedanken beiseite und konzentrierte sich auf das Besteck an seinen Lippen.

Lippen, die fest und doch weich waren, wie sie sich erinnerte. Ihr Kuss-Unfall schien schon eine Million Jahre her zu sein.

Endlich schluckte er das Essen hinunter und verzog glücklicherweise nicht das Gesicht. Sasha hatte ihr geholfen, alles zuzubereiten, aber es bestand immer noch die Möglichkeit, dass sie zu viel Salz hineingegeben oder es zu lange gekocht hatte. „Und?"

Er neigte den Kopf, das Licht betonte sein kurzes Haar. Nicht zu kurz – sie könnte immer noch mit ihren Fingern hindurchfahren –, aber auch nicht übermäßig lang.

Es war wirklich ein bisschen idiotisch, das Haar

eines verdammten Mannes zu mustern. Das passierte wohl, wenn eine Frau seit über einem Jahrzehnt nicht mehr als ein paar Dates gehabt hatte.

Blake sprach endlich. „Ich möchte sagen, Tomatensuppe, aber eine Art würzige Variante."

Sie lächelte. „Ding-ding, du hast recht! Ich habe sie noch nie selbst gemacht, und sie ist ein wenig klumpig, aber du hast trotzdem recht. Ich kann es kaum erwarten, dass du siehst, welche Farbe ich daraus gemacht habe."

Er hob die Brauen. „Kann ich die Augenbinde jetzt abnehmen?"

„Versuch mindestens noch ein Essen, und dann sehen wir weiter. Es macht irgendwie Spaß, dir beim Herumfummeln zuzusehen."

Er murmelte: „So viel zu meinem verdammten Doktortitel."

Und für eine Sekunde fragte sich Dawn, ob sie das alles falsch geplant hatte. Sie war nie zur Universität gegangen, weil sie jung geheiratet und so viele Jahre mit dem Versuch verbracht hatte, ein Kind zu empfangen. Brauchte jemand wie Blake anspruchsvollere Aktivitäten?

Doch bevor Zweifel einsetzen konnte, lächelte er und fügte hinzu: „Du solltest nur wissen, dass Gleiches mit Gleichem vergolten wird. Dein Tag mit der Augenbinde wird kommen, Dawn. Darauf kannst du dich verlassen."

Ihre Zweifel verblassten bei Blakes Lächeln. Sie machte sich definitiv zu viele Sorgen. „Zur Kenntnis genommen. Und jetzt hör auf, Zeit zu schinden. Das Essen wird kalt, und wenn es jetzt schon nur so lala ist, wird es kalt noch schlimmer sein."

Schnaubend tastete er zum nächsten Behälter. „Selbst wir Drachenwandler haben diese schicken Dinger namens Mikrowellen."

Auch wenn er es nicht sehen konnte, streckte sie die Zunge heraus. „Beeil dich einfach und iss, Drachenmann. Ich will auch was."

Er schöpfte eine schwarz gefärbte Sauce – Dawns Experiment, Blau hinzubekommen, war gescheitert –, und sie sah zu, wie er wieder aß. Als er danach nickte, sang ihr Herz ein wenig.

Blake sagte: „Die hier ist toll, irgendeine Nudelsauce. Obwohl es noch besser gewesen wäre, wenn Nudeln dabei wären."

Sie beäugte den letzten Behälter, der grüne Spaghetti enthielt. „Ich habe tatsächlich auch Pasta mitgebracht. Nimm deine Augenbinde ab, und lass uns essen, denn ich denke, die Nudeln könnten aneinanderkleben."

Er lachte leise, der Klang hallte im kleinen Raum wider. Blake riss die Augenbinde herunter und konzentrierte sich auf die Gerichte vor sich. Er stocherte mit seinem Löffel in besagten Nudeln. „Die hier könnten ungenießbar sein."

Ihr Magen knurrte. „Mittlerweile ist mir das egal."

Blake begegnete ihrem Blick, und sie vergaß ihren Hunger. Oder zumindest den, der mit ihrem Magen zu tun hatte.

Der Drachenmann war zu attraktiv für sein eigenes Wohl.

Die übliche Vorsicht in seinen Augen war verschwunden, ersetzt durch Besorgnis. Er erklärte: „Dann komm und iss. Meine Frau sollte niemals hungrig sein."

Obwohl sie genau genommen noch nicht seine war, verspürte Dawn nicht das Bedürfnis, ihn zu korrigieren.

Nein, nach ihren albernen Zweites-Date-Eskapaden und Blake, der sie gut gelaunt ertrug, wusste sie mehr denn je, dass sie eine Chance bei ihm wollte.

Vielleicht, wenn sie methodischer wäre, hätte Dawn diesen Gedanken weiter überdacht, ihn ruhen lassen und den Rest des Abends ohne Schwere oder Komplikationen genossen.

Oder sie hätte mit Blake über das gesprochen, was so viele Leute ihr erzählt hatten, dass der Rausch zwischen wahren Gefährten immer funktionierte, unabhängig von einem unerfüllten Kinderwunsch mit anderen.

Doch wie bei ihrer Tochter funktionierten Dawns Mund und Gehirn nicht immer im Einklang. Also platzte sie heraus: „Ich will den Rausch, Blake. Du auch?"

Kapitel Acht

B lake hätte am liebsten laut Ja geschrien – er wollte den Rausch –, dann Dawn an sich gezogen und sie geküsst. Doch das konnte er noch nicht. Ein paar Dinge mussten schnell organisiert werden, bevor das passierte. Also sagte er schlicht: „Natürlich will ich das."

„Du sagst ‚natürlich', als könnte es gar nicht anders sein."

Er streckte eine Hand aus, zog sie aber wieder zurück und ballte die Hand zur Faust. „Du bist schön, freundlich, amüsant und so vieles mehr. Welcher Mann hätte nicht gern eine Chance bei einer Frau wie dir?"

Ihre Wangen färbten sich rosa, und es juckte ihm in den Fingern, ihre Wange zu streicheln, um zu sehen, ob ihre Haut sich wärmer anfühlte.

Sie nicht berühren zu dürfen war nervig.

Dawn räusperte sich. „Vielleicht, wenn besagte Frau Single ohne jegliche Verpflichtungen wäre.

Aber ich habe Daisy, und nicht jeder Kerl wäre bereit für diese Herausforderung."

Er runzelte die Stirn. „Sie mag ja energiegeladen und gesprächig sein, aber das bist du auch. Wenn man dich mag, warum sollte man deine Tochter nicht mögen?"

Dawn neigte den Kopf. „Sie zu mögen und sie großziehen zu wollen sind zwei sehr unterschiedliche Dinge."

Er merkte, dass selbst jetzt noch ihr idiotischer Ex über ihr schwebte. Er hatte sie verlassen, weil Daisy zu viel für ihn war, das stimmte. Aber der Kerl musste sie tiefer verletzt haben, als sie die meisten Leute sehen ließ.

Nur gut, dass der Mistkerl in Australien lebte, sonst würde Blake sich in eine Stadt wagen, um ihn zu finden und ihm mal ein paar Dinge zu sagen. „Sie ist ein riesiger Teil deines Lebens, ein riesiger Teil von dir. Vielleicht hätte ich, ohne dich zu kennen, ein wenig gezögert, aber jetzt? Ich würde fünf Daisys in Kauf nehmen für eine Chance mit dir, Dawn. Du machst die Welt heller, und ich hätte nie gedacht, dass ich das mal einer anderen Person sagen würde."

Sie kam ein paar Zentimeter näher, obwohl es immer noch verdammt zu weit weg war. Ihre Stimme war sanft, als sie antwortete: „Du bist so viel mehr als die Leute über dich sagen, Blake. Warum versteckst du dich vor allen anderen?"

Er hätte ausweichen können, wie er es normalerweise tat, wenn man ihn nach seiner selbstgewählten Einsamkeit fragte. Doch anders als bei anderen brachte Dawns Frage Blake nicht in die Defensive, und er wollte das Thema auch nicht ignorieren. Nein, wenn sie bereit war, seinen Drachen während des Rausches zu ertragen, verdiente sie eine Antwort. „Weiße Drachen sind selten, aber von einem weißen Drachen mit irgendeiner Art von besonderem Zeichen hat man fast noch nie gehört. Sie werden Einhorndrachen genannt, und in den Geschichten heißt es, wenn man einen findet, sollte man darum bitten, sein einzigartiges Zeichen sehen zu dürfen, es berühren und sich etwas wünschen. Es bringt Glück und erfüllt vielleicht sogar deinen größten Wunsch im Leben.“

Blake tat sein Bestes, sich nicht an ein Leben voller Leute zu erinnern, die ihn irgendwo in die Ecke drängten, um ihn zu überzeugen, sich zu wandeln, damit sie seinen Fleck berühren und sich etwas wünschen konnten.

Sie flüsterte: „Du bist ein Einhorndrache, nicht wahr?“

Er nickte. „Als ich ein Kind war, haben die anderen Schüler im Unterricht nach meinem ersten Wandeln ständig über mich gespottet. Kinder sind so neugierig, wie ihr Drache sein wird, wie er aussieht und sich verhält, dass es sie verunsichert. Alles Außergewöhnliche wird angegriffen, um sich selbst besser zu fühlen.

Als Kind habe ich das natürlich nicht verstanden und einfach versucht, mich vor allen zu verstecken, wenn ich konnte. Und ehrlich gesagt wurde es schlimmer, als ich älter wurde. Erwachsene würden ein Kind nicht belästigen, aber du wärst erstaunt, was so mancher einem erwachsenen Einhorndrachen antut, um eine Chance auf einen Wunsch zu bekommen."

Dawn kam sogar noch näher, blieb aber etwa einen halben Meter entfernt. In ihrem Blick mischten sich Wut und Traurigkeit. „Was genau haben sie dir angetan?"

Er zuckte mit den Schultern. „Nichts Kriminelles, wohlgemerkt. Aber so ziemlich mein ganzes Erwachsenenleben haben Drachenwandler auf verschiedene Weise versucht, mich zum Wandeln zu bringen. Wenn ich sagte, ich habe das Daten oder die Suche nach einer Gefährtin aufgegeben, wäre das eine Untertreibung. Niemand vergaß meine Drachengestalt, also isolierte ich mich und widmete mich meiner Arbeit."

„Das ist schrecklich."

Er sah ihr in die Augen. „Ja. Obwohl du keine Ahnung von meiner Drachengestalt hattest, hast du dennoch Wege gefunden, mich am Abend des Theaterstücks zum Lächeln zu bringen. Und ich denke irgendwie nicht, dass die seltsam gefärbte Essensaktion ein Trick war, um mich zum Wandeln zu bringen."

Sie lachte. „Nein, dafür wäre sicherlich besser schmeckendes Essen erforderlich gewesen." Dawn schob den Tisch beiseite, schloss aber nicht ganz die Distanz zwischen ihnen. Sie fügte hinzu: „Ich möchte tatsächlich eines Tages deinen Drachen sehen, aber nur, weil er ein Teil von dir ist. Du könntest knallpink sein, und es wäre mir egal, obwohl ich sicher bin, dass Daisy das gefallen würde."

Seine Lippen zuckten. „Ich habe noch nie von einem pinkfarbenen Drachen gehört, und ehrlich gesagt, bin ich mir nicht sicher, ob ich einer sein wollte. Aber ein pinkfarbener Drache wäre kein Einhorn. Er wäre eher wie ein weiteres mythisches Wesen. Sagen wir, ein Pegasus."

„Ich hoffe, es taucht nicht noch eine Drachenfarbe auf, wie Regenbogenfarben, weil mir spontan keine weiteren pferdeartigen mythischen Kreaturen einfallen."

Er grinste breit. „Erwähne das nicht beim schottischen Drachenclan. Der Kelpie ist dort oben ziemlich berühmt, auch wenn er bösartig ist."

Der Kelpie war ein mythisches schottisches Wesen, das oft in Gestalt eines Pferdes in der Nähe von Flüssen und Bächen erschien. Das Ergebnis war normalerweise zugunsten des Kelpie und schlecht für die Menschen, die unter seinen Bann fielen.

Sie kicherte. „Die habe ich vergessen. Und dabei habe ich sogar einmal die beiden riesigen Pferdekopf-Skulpturen namens The Kelpies auf der Fahrt zwischen Edinburgh und Stirling gesehen. Vielleicht muss ich herausfinden, wie viele verschiedene pferdeartige mythische Kreaturen es gibt. Weißt du, um eine Liste bereitzuhalten, falls wir noch mehr Namen brauchen."

Er schnaubte – Blake konnte sich nicht erinnern, wann er das letzte Mal so oft in einem Gespräch geschnaubt hatte – und fragte sich, welch seltsame Namen die Menschenfrau jedem Drachen mit auch nur einem winzigen Farbfleck auf der Haut geben wollte.

Und einfach so hatte Dawn ihn dazu gebracht, sich zu entspannen und zu lächeln, obwohl er gerade erzählt hatte, wie seltsam sein Leben als weißer Drache mit einem schwarzen Fleck gewesen war.

Er war lange skeptisch gegenüber wahren Gefährten gewesen, aber Blake begann zu denken, dass das Schicksal in seinem Fall recht hatte.

Blake wurde ernst und entschied, dass sie zum Thema zurückkehren mussten. „Das wäre ein schönes Projekt mit Daisy. Kehren wir aber zu dem Punkt zurück, an dem du gesagt hast, dass du den Rausch mit mir durchmachen willst. Bist du dir absolut sicher?"

Dawn nickte. „Ja. Ich bin vorhin im Kopf alle Gründe durchgegangen, was es für Daisy, für mich und unser Leben im Allgemeinen bedeuten würde. Daisy will in Stonefire leben, und ich bin jetzt viel offener dafür. Und mehr Zeit mit dir verbracht zu haben, hat mich nicht verscheucht oder die Flucht ergreifen lassen wollen, sondern ganz im Gegenteil. Also, was muss getan werden, um den Rausch einzuleiten?"

Vielleicht hätten einige über Dawns Naivität bezüglich ihrer Frage gelacht, aber nicht Blake. Es zeigte ihm, dass sie Ziele setzte und sie durchzog. Welcher Mann würde das nicht respektieren?

Er deutete auf das Handy auf dem kleinen Ständer neben seinem Bett. „Ich muss Bram anrufen und ein Cottage für uns vorbereiten lassen. Meins ist zu abgelegen, und wir müssen näher bei den anderen sein, um deinetwillen."

Sie sah ihm in die Augen. „Was meinst du mit um meinetwillen?"

Er zuckte mit den Schultern. „Manche Menschen erschrecken leicht, wenn die Drachenhälfte herauskommt. Und wenn du gehen willst, müssen andere sicherstellen, dass du es kannst. Auch wenn meine menschliche Hälfte sich dafür einsetzen wird, dich gehen zu lassen, wird sich mein Drache vielleicht nicht so leicht zähmen lassen."

„Oh."

Er legte seine Hand einen Zentimeter von Dawns entfernt auf das Bett und genoss es, wie er die Wärme ihrer Haut spüren konnte, auch wenn sie sich nicht berührten. „Ich hoffe jedoch, dass du nicht wegläufst. Ich mag dich, Dawn. Und es wäre schön, noch mehr mit dir auszugehen."

Sie lächelte und vertrieb jede Angst, die auf ihrem Gesicht verweilt war. „Vielleicht würden manche es für seltsam halten, aber ich habe es früher in der ‚richtigen' Reihenfolge versucht – Dating, Verlobung, Hochzeit, Kind –, und es hat nicht funktioniert. Vielleicht muss ich die Reihenfolge ändern. Es wird sicher interessant."

Blake konnte kaum widerstehen, die Distanz zwischen ihnen zu schließen und sie zu küssen.

Er musste Bram so schnell wie möglich anrufen und alles in Gang setzen, damit er das tun konnte, und mehr, mit seiner schönen Menschenfrau. „Dann iss schnell ein bisschen von dem, was du mitgebracht hast, bevor du im Clanrestaurant was Warmes bekommst. Ich rufe Bram an und kümmere mich um alles."

Sie nahm den Löffel und stocherte in den kalten Nudeln herum. „Vielleicht sollte ich es stattdessen mit den faden Krankenhaussnacks riskieren."

Mit einem leisen Lachen reichte er ihr, was er hatte, und genoss es einfach, Dawn beim Essen zuzusehen. Sie ging so frei mit ihren Gefühlen um, verzog das Gesicht bei den schlichten Reistalern und stöhnte dann bei dem kleinen Stück Schokolade, das einer der Beschützer für ihn hereingeschmuggelt hatte.

Blake konnte es kaum erwarten, zu sehen, welche anderen Reaktionen er von ihr bekommen konnte.

Der Rausch konnte nicht früh genug beginnen.

Kapitel Neun

Am übernächsten Morgen konnte Dawn nicht anders, als am Saum ihres Oberteils zu zupfen, während sie vor einem Steincottage wartete, die Beschützerin namens Nikki an ihrer Seite.

Sie hatte die letzten zwei Nächte kaum geschlafen. Nein, ihr Verstand raste gerade mit tausend Gedanken pro Minute über verschiedene Szenarien, wie ein Rausch ablaufen würde.

Seit Dawn Ja gesagt hatte, war sie von Blake ferngehalten worden, damit sein innerer Drache zurückkehren konnte. Und obwohl sie sich erst kürzlich kennengelernt hatten, war es ihr schwergefallen, wegzubleiben oder ihn nicht anzurufen.

Offenbar waren all die Jahre, in denen sie sich eingeredet hatte, dass sie keinen Partner im Leben brauchte, dass sie Daisy allein bewältigen und völlig zufrieden sein konnte, eine Lüge gewesen. Ja, Dawn konnte – und hatte es bewiesen – ihre Tochter allein versorgen. Aber die Zeit mit Blake und sogar Sasha hatte offenbart, wie wirklich einsam sie gewesen war.

Nikkis Stimme durchschnitt ihre Gedanken. „Willst du das immer noch tun?"

Sie nickte und sah in die braunen Augen der Drachenfrau. „Natürlich. Das Warten war nur nervenaufreibend, das ist alles."

„Nun, lass dir das von jemandem sagen, der den Rausch plötzlich mit einem Mann hatte, der so getan hatte, als mochte er sie nicht einmal: Vorbereitet zu sein ist viel besser."

Sie hatte Nikkis Gefährten, Rafe, nur kurz kennengelernt. Aber er hatte gelächelt und war nett genug zu Dawn gewesen. „Es ist offensichtlich, dass er dich jetzt liebt, unabhängig davon, was passiert ist."

Nikki hob eine Augenbraue. „Du bist eine sehr aufmerksame Menschenfrau, Dawn."

Sie zuckte mit den Schultern. „Warte nur, bis deine Tochter älter ist. Dann wirst du feststellen, dass man als Elternteil aufmerksam sein muss, besonders wenn das Kind gern neue Dinge erkundet oder herumwandert."

Nikki seufzte. „Ich bin mir sicher, dass Louisa anstrengend wird, angesichts ihres Vaters. Aber im Moment ist es noch leicht genug, sie im Auge zu behalten." Nikki sah ihr eine Sekunde lang in die Augen, bevor sie hinzufügte: „Also, bist du bereit?"

Dawn atmete tief durch und nickte. „Ja."

„Gut. Denk daran, anzurufen, wenn es zu viel wird oder du Angst bekommst. Einer von uns Beschützern wird in der Nähe postiert sein, in diskretem Abstand, um euch Privatsphäre zu gewähren, und auf Anrufe warten. Jetzt folge mir."

Sie betraten das Cottage und gingen nach oben. Nikki blieb vor einer Tür stehen und klopfte. Bei Blakes gedämpftem „Herein!" öffnete Nikki die Tür.

Dawn begegnete sofort Blakes Blick. Seine Pupillen blitzten schnell, was ihr sagte, dass sein Drache zurück war.

Aber obwohl sie immer noch ein wenig unsicher war, wie alles ablaufen würde, machte es ihr keine Angst mehr. Wenn überhaupt, war sie neugierig darauf, seine zweite Hälfte besser kennenzulernen.

Blake murmelte: „Du bist gekommen."

Sie seufzte. „Warum sind alle so überrascht, dass ich heute hier bin? Wenn ich meine Tochter fast ein Jahrzehnt lang allein großziehen und versorgen konnte, dann kann ich doch wohl auch mit dem Drachen eines Mannes umgehen."

Blakes Pupillen blitzten wieder. „Ich hoffe es."

Nikki ging zur Tür. „Viel Spaß, euch beiden! Und, Blake, tu nichts, was ich nicht auch tun würde."

Mit einem Zwinkern schloss die Drachenfrau die Tür und ließ Dawn mit Blake allein.

Er bedeutete ihr, vorzutreten. „Es kostet mich all meine Kraft, meinen Drachen im Zaum zu halten. Aber ich werde ihn so lange zurückhalten, wie du es brauchst. Komm zu mir, wenn du bereit bist, Dawn."

Begierig darauf, die nächste Phase ihres Lebens beginnen zu lassen, überwand sie die Distanz und blieb ein paar Zentimeter von ihm entfernt stehen. Sie blickte auf und murmelte: „Ich denke, es ist Zeit, dass du mich noch einmal küsst, Drachenmann."

Und sie wartete, um zu sehen, ob er es tun würde.

MANN UND DRACHE witterten Dawn sofort, als sie das Haus betrat.

Sie war tatsächlich gekommen!

Sein Drache knurrte. *Natürlich ist sie das. Sie ist unsere wahre Gefährtin. Warum sollte sie nicht?*

Ja zu sagen und dann zwei Tage Zeit zum Nachdenken zu haben? Es wäre möglich, dass sie ihre Meinung geändert hat.

Nun, hat sie nicht. Sie ist hier, und sie ist unser. Verschwende nicht zu viel Zeit mit Reden, oder ich übernehme die Kontrolle.

Bevor er antworten konnte, waren Nikki und Dawn in sein Zimmer gekommen.

Er begegnete Dawns Blick, und sein Drache summte. *Sie ist hier, und so nah. Ich will sie berühren, küssen, ficken. Jetzt.*

Er nahm den kurzen Austausch mit seiner Menschenfrau kaum wahr, antwortete auf

Autopilot, da er seinen Drachen in Schach halten musste.

Dann kam seine Frau endlich auf ihn zu und murmelte: „Ich denke, es ist Zeit, dass du mich nochmal küsst, Drachenmann."

Ohne dass sein Drache ihn drängen musste, streckte er die Hand aus und zog sie an seinen Körper. Trotz der Kleiderschichten zwischen ihnen schoss Hitze durch ihn, und sein Schwanz wurde steinhart.

Sein Tier sagte: *Küss sie. Jetzt. Sie ist hier und wartet. Sie ist mehr als bereit für uns.*

Irgendwie widerstand er dem süßen Duft ihrer Erregung, hob eine Hand und berührte ihre Wange. Zu seinem Drachen sagte er: *Gib mir ein oder zwei Minuten. Sie ist ein Mensch, und ich will sie nicht erschrecken.*

Gut. Aber nicht mehr als ein paar Minuten. Ich will sie.

Während er die weiche Haut ihrer Wange streichelte, flüsterte er: „Du bist so hübsch, Dawn. Es ist schwer zu glauben, dass du jetzt mein bist."

Ein Mundwinkel zuckte nach oben. „Dein für den Rausch, aber wir werden sehen, wie es danach läuft. Denk dran, du hast noch nicht ganztags mit Daisy gelebt."

„Es braucht mehr als ein Kind, um einen Drachenmann zu verscheuchen."

Bevor sie antworten konnte, senkte er seinen Kopf, bis er nur einen Hauch von ihrem Mund entfernt war. Ihr Atem beschleunigte sich gegen seine Lippen, und er fragte: „Bist du bereit?"

Als Antwort schloss sie die Distanz zwischen ihren Gesichtern und drückte die Lippen auf seine.

Bei der Berührung durchströmte ihn erneut ein treibendes Verlangen, wie am Abend des Theaterstücks. Er wollte sie halten, küssen und lieben, bis sie seinen Duft und ihr Kind trug.

Sein Drache summte. *Ja, ja, reiß ihr die Kleider vom Leib und fick sie! Jetzt. Sie muss von uns beansprucht werden. Wir müssen sicherstellen, dass niemand anders versucht, sie wegzunehmen.*

Blake schaffte es, das Verlangen seines Drachen für ein paar Sekunden zu unterdrücken, und schob seine Zunge in ihren Mund. Er stöhnte, während er ihn langsam erkundete, ihre Zunge mit seiner streichelte, genoss, wie sie schmeckte.

Ein Mann konnte sich schon allein in ihrem Mund verlieren.

Sein Drache brüllte. *Nein, nein, nein, ihr Mund reicht nicht. Ich will sie nackt unter uns und unseren Schwanz in ihr.*

Als Dawn ihre Finger durch sein Haar schob und den Kuss erwiderte, ihm Schlag für Schlag entgegenkam, stöhnte er und zog sie noch enger an sich.

Bei dem Gefühl ihrer harten Nippel gegen seine Brust richtete sein Drache sich auf und brüllte. Um seine Chance nicht zu vertun, unterbrach Blake den Kuss und fragte: „Hängst du an diesen Kleidern?"

„Nicht wirklich."

„Gut." Er fuhr eine Kralle aus und zerschnitt die Rückseite ihres Oberteils und dann ihres Rocks.

Als die Stücke auseinanderklafften, fuhr er mit einer Hand über ihre nackte Haut und küsste ihren Hals. „So weich und warm." Er lehnte sich zurück, um den Rock zu Boden fallen zu lassen.

Aus Angst, sein Tier nicht davon abhalten zu können, sie umzudrehen und von hinten zu nehmen, wenn er sie nur in Unterwäsche sah, nahm er wieder ihre Lippen. Er leckte, streichelte und versuchte verzweifelt, Dawn wissen zu lassen, wie sehr sie ihn verrückt machte.

Er hatte noch nie etwas so Perfektes in seinem Leben gekostet. So verrückt es auch war, aber er dachte nicht, dass er je genug von seiner Menschenfrau haben würde.

Sein Drache knurrte. *Hör auf zu zögern. Zerreiß ihr Höschen und fick sie! Sie muss beansprucht werden. Sie ist unser. Kein anderer Mann sollte sie haben.*

Er unterbrach den Kuss schließlich und trat ein wenig zurück. Bevor Dawn etwas fragen konnte, zerriss er mit der Kralle den Stoff, dann streifte er die letzten Fetzen ihrer Unterwäsche ab, während das Oberteil zu Boden fiel. Beim Anblick ihren kleinen Brüsten, eingehüllt in Spitze, lief ihm das Wasser im Mund zusammen. Unfähig zu widerstehen, beugte er sich vor, nahm eine feste Knospe zwischen seine Lippen und saugte.

Dawn stöhnte und wölbte ihren Rücken.

Sein Drache grunzte. *Nein, nein. Sie muss nackt sein. Du kannst später an ihren Nippeln saugen. Ich muss in ihr sein. Sie muss unser Junges tragen.*

Als er sie losließ, durchschnitt er die Seite ihres BHs und ließ ihn von ihren Schultern gleiten.

Und für eine Sekunde starrten sie einander an. Er war vollständig bekleidet und sie nackt, aber er konnte seinen Blick nicht von ihren leicht geschwollenen Lippen oder geröteten Wangen reißen.

Dann lächelte sie und sagte: „Zieh dich aus, Blake. Ich bin dran, dich auch zu berühren."

Ohne zu zögern, trat er zurück und riss sich die Kleider vom Leib.

Sobald er wieder näher an sie herantrat, streckte sie eine Hand aus und streichelte leicht seine Brust, rieb hin und her über seinen kleinen Fleck hellbraunen Haars. Sie murmelte: „Du bist so stark!"

Er nahm ihre Hand, küsste ihre Handfläche und zog sie dann an sich, genoss es, wie sie den Atem anhielt, als sie Haut an Haut waren. Ihr weicher Bauch gegen seinen Schwanz ließ ihn fast sofort kommen.

Sein Tier sagte: *Willst du deine Chance so verschwenden? Denn unser Deal war, der erste Orgasmus gehört dir, dann bin ich dran.*

Da er wusste, dass sein Drache es ernst meinte, legte Blake eine besitzergreifende Hand auf Dawns weichen Po und murmelte: „Du kannst mich später noch ausgiebig bewundern, Liebes. Aber du kannst fühlen, wie sehr ich dich will. Willst du jetzt wirklich reden?"

Sie schnaubte. „Ich könnte, wenn ich mich darauf konzentriere."

Er bewegte seine Hand von ihrem Po zwischen ihre Beine, erfreut darüber, wie feucht und geschwollen sie war. Dawn keuchte, und er fragte: „Aber willst du das wirklich?"

Sie grub ihre Nägel in seinen Rücken und schüttelte den Kopf. „Nein."

„Gut."

Er nahm ihre Lippen mit einem harten, fordernden Kuss in Besitz, während seine Finger sanft ihre empfindlichste Stelle fanden.

Sein Tier zischte. *Sie ist so heiß und feucht. Wirf sie endlich aufs Bett, spreiz ihre Beine und fick sie!*

Blake entschied, nicht mehr gegen sein Tier zu kämpfen. Und so, während er sie weiter küsste, schob er sie zum Bett. Als sie nah genug waren, unterbrach er den Kuss und legte sie sanft hin.

Er nahm sich eine Sekunde, um ihren Körper zu betrachten, bewunderte jede Kurve und sogar die Dehnungsstreifen an ihrem Bauch. Sie war eine Frau, die schon ein wenig gelebt hatte, was sie für ihn umso mehr perfekt machte.

Sein Drache zischte. *Beeil dich! Deine Zeit ist fast um, und ich werde dich nicht nochmal erinnern.*

Die Worte seines Drachen rissen ihn zurück in die Gegenwart und zu der Tatsache, dass er gleich einen Gefährtenrausch mit der Menschenfrau beginnen würde, die auf seinem Bett lag.

Da er sie genießen wollte, während er noch die Kontrolle hatte, bedeckte Blake ihren Körper mit seinem. Er griff hinunter und streichelte langsam ihre Pussy, eingestimmt auf jede Bewegung, die sie dabei machte. Er murmelte: „Lass uns sicherstellen, dass du schön bereit bist. Denn sobald mein Drache übernimmt, wird es hart und schnell, Liebes."

Und so führte er einen Finger in sie ein und beobachtete ihr Gesicht, als sie sich wand.

Wie bei ihren beiden „Dates" zeigte sie frei ihre Emotionen. Er konnte es kaum erwarten, zu sehen, welche anderen er noch aus seiner Frau herausbekommen konnte.

Dawn war in ihrem Leben oft geküsst worden, aber nichts war vergleichbar damit, wie Blake ihren Mund verschlang, als könnte er nie genug bekommen.

Sie blinzelte kaum, als er ihre Kleider zerschnitt – es jagte tatsächlich einen kleinen Schauer durch ihren Körper –, und bald lag sie auf einem Bett, der Drachenmann über ihr.

Und seine sündigen Finger ließen sie alles vergessen, außer wie nah sie schon daran war zu kommen.

Dann verschwanden seine Finger, und er murmelte: „Du bist mehr als bereit, denke ich." Sie spürte die Kuppe seines Schwanzes an ihrem Eingang. „Du wirst gleich mir gehören, Dawn. Ganz allein mir."

Sie schob ihre Finger in sein Haar und bewegte

seinen Kopf, bis sie seine Augen sehen konnte. Seine Pupillen blitzten ein paar Mal, bevor sie rund blieben. Doch der Hunger in seinem Blick – als müsste er sterben, wenn er sie nicht bekäme – ließ ihr Herz einen Schlag aussetzen.

Kein Mann hatte sie je so angesehen, nicht einmal ihr Ex.

Nein. Hier und jetzt ging es nur um Blake und ihn allein. Der Rest ihres Lebens würde bald genug zurückkehren.

Sie wölbte ihren Rücken, genoss es, wie sein Schwanz an ihr entlangglitt. „Dann fick mich, Drachenmann. Ich bin bereit."

Falls ihre Worte ihn überraschten, zeigte er es nicht. Stattdessen küsste er sie, während er langsam in sie eindrang.

Sie hatte kaum einen Blick auf seinen Schwanz werfen können, aber sie stöhnte, als er sie auf gute Weise dehnte.

Er unterbrach den Kuss und fluchte. „Du bist so verdammt eng, Dawn."

Da sie nicht darüber nachdenken wollte, wie lange sie schon keinen Sex gehabt hatte, kratzte sie leicht seinen Rücken und bewegte sich nach unten, bis sie eine seiner festen Pobacken greifen konnte. „Hör nicht auf, Blake. Wage es nicht aufzuhören."

Mit einem Knurren tauchte er den Rest des Weges in sie ein, und Dawn stöhnte. Dann streifte sein Finger ihre Klitoris, und jeder rationale Gedanke verließ ihren Kopf.

Als er seine Hüften bewegte und ihre

empfindliche Knospe umkreiste, wollte Dawn seinen Mund auf ihrem spüren, und sie zog seinen Kopf zu sich herunter. Es war ihr egal, dass ihre Zähne leicht zusammenstießen. Sie leckte und kostete ihn und bewegte sich im Takt zu Blakes Stößen.

Verdammt, sie hatte den Sex vermisst und das Küssen, und einfach einer anderen Person so nahe zu sein.

Allzu bald begann der Druck sich aufzubauen, als Blake lernte, wie sie berührt werden wollte. Etwas härter hier, ein wenig weicher dort.

Sie stöhnte und konnte sich kaum auf das Küssen konzentrieren, als der Orgasmus über sie hereinbrach und Lust durch ihren ganzen Körper schickte.

Und gerade, als sie am Rand von so viel Lust schwebte, dass es wehtat, hielt Blake inne, und eine weitere Welle brach über sie herein.

Da schrie sie auf, aber Blake hielt seinen Mund auf ihrem und streichelte sie die ganze Zeit.

Als sie endlich herunterkam und erschlafft gegen das Bett sank, knochenlos, unterbrach er den Kuss und murmelte: „Du wirst jetzt meinen Drachen kennenlernen."

In der nächsten Sekunde lag sie auf dem Bauch, ihre Hüften gehoben, und eine rauere Version von Blakes Stimme sagte: „Du gehörst mir. Nur mir. Und jetzt werde ich dich beanspruchen."

VERDAMMT, Sex mit Dawn war anders als alles, was Blake je erlebt hatte. Und nicht nur, weil sie sich für mehr an ihm interessierte als dafür, seinen Glücksfleck berühren zu können.

Nein, sie schmeckte so verdammt gut, fühlte sich gut an und ließ ihn mehr wollen, als sie nur zu ficken.

Er wollte sie kosten, verehren, eng an sich halten und sie nie loslassen.

Doch sobald er und Dawn ihre Orgasmen beendeten, brüllte sein Drache, drängte in den vorderen Bereich seines Geistes und übernahm die Kontrolle.

Unter normalen Umständen hätte Blake ihn zurückdrängen können, da er mental der etwas Stärkere von beiden war. Doch sein Drache war entschlossen, Dawn zu beanspruchen und sie zu schwängern, weil sie ihre wahre Gefährtin war. Und wenn Blake versuchte, sich gegen sein Tier zu wehren, um die Kontrolle zu behalten, konnte das Ganze nach hinten losgehen.

Mit anderen Worten, sein Drache könnte Dawn für den gesamten Rausch ganz für sich behalten. Und das würde Blake auf gar keinen verdammten Fall zulassen.

Also sah er zu, wie sein Tier Dawn umdrehte, ihre Hüften hob und sagte: „Du gehörst mir. Nur mir. Und jetzt werde ich dich beanspruchen."

Sie wölbte ihren Rücken, und sowohl Mann als auch Tier stöhnten. Ihre Menschenfrau wollte sie beide und suchte nicht das Weite.

Sein Drache drang schnell in sie ein und bewegte die Hüften, wobei er immer wieder murmelte: „Meine Frau. Meine."

Angesichts dessen, dass sein Tier normalerweise ausgeglichener war, war das instinktive Gemurmel etwas überraschend.

Er sagte zu seinem Tier: *Denk dran, sie ist ein Mensch. Brich sie nicht.*

Sie kann damit umgehen. Schau, wie sie sich mit mir bewegt. Sie will es.

Dawn stöhnte, und Blake wünschte, er könnte sie halten und den Klang mit seinem Mund einfangen.

Dennoch gab es ihm die Gelegenheit, ihren lieblichen Po zu beobachten, wie sie sich bewegte, und sich nach dem Tag zu sehnen, an dem er sie an sich halten, diese Weichheit an seinem Schwanz spüren und einschlafen konnte.

Es wäre himmlisch.

Er blinzelte innerlich. Er war zu einem verdammten Romantiker geworden! Wer hätte gedacht, dass das je passieren könnte?

Sein Drache brüllte und sagte bei jedem Stoß ein Wort: *Du. Gehörst. Mir. Immer.*

Dann hielt sein Tier inne, als Lust durch ihren Körper explodierte, sein Samen sie füllte und sie in ihren eigenen Orgasmus schickte.

Als sie jeden letzten Tropfen aus seinem Schwanz gewrungen hatte, sagte Blake zu seinem Tier: *Ich bin dran. Sie braucht ein wenig Ruhe.*

Sie kann noch mehr ertragen. Sie trägt noch nicht unser

Baby. Sie muss, dann wird sie unseren Duft haben und der wird die anderen Männer fernhalten.

Nur ein wenig Ruhe. Sie braucht das. Es sei denn, du willst sie vergraulen?

Sein Drache grunzte schließlich. *Eine kurze. Aber dann beanspruchen wir sie wieder.*

Abgemacht.

Sein Drache zog sich in den Hintergrund seines Geistes zurück, und Blake übernahm wieder die Kontrolle.

Er beugte sich hinunter, um Dawns Schulter zu küssen, und sagte: „Bist du okay?"

Sie blickte über ihre Schulter, um seinem Blick zu begegnen. „Mehr als okay. Und es ist seltsam, aber ich kann dich und deinen Drachen ziemlich leicht auseinanderhalten."

Da er mehr als nur Sex wollte, setzte er sich und drehte sie, bis Dawn auf seinem Schoß saß, ihm zugewandt. Er strich über ihre Wange, ihren Hals hinunter und spielte mit ihrem Nippel. „Er klingt normalerweise etwas normaler. Aber je länger der Rausch andauert, desto hektischer wird er. Ich hoffe, du bist vorbereitet."

Sie legte ihre Arme um seinen Hals, ein schelmisches Funkeln in ihren Augen. „Mehr als vorbereitet – ich freue mich darauf."

Er schnaubte. „Also war nur guter Sex nötig, um dich für die Drachenwandler-Seite zu gewinnen?"

Sie grinste, und bei dem Anblick setzte sein Herz einen Schlag aus. „Es schadet nicht."

Sie neigte den Kopf, und ihr Haar streifte ihre

Schulter. Diesmal hob er die Hand, um mit den blonden Strähnen zu spielen, und genoss es, wie weich sie waren. „Und Menschen sagen, Drachenwandler seien schlimm, wenn es um Sex geht."

Sie beugte sich vor und flüsterte dramatisch: „Ich persönlich denke, es ist eine Ablenkungstaktik. Um ein geheimes Sex-Verlies im Schuppen oder so zu verstecken."

Er lachte, als er versuchte, sich ein Menschenpaar vorzustellen, das sich in besagten Schuppen schlich. „Kein Schuppen nötig. Sobald der Rausch vorbei ist, würde ich viel lieber mit dir einen Platz in den Wäldern suchen."

Sie strich über sein Kinn. „Du wirst deinen Ruf als Einsiedler mit mir bald genug ruinieren, oder?"

Er zog sie näher, bis ihre Vorderseite an seine gedrückt war. „Ich bin mehr als bereit, ihn für dich aufzugeben."

Während sie seinem Blick begegnete, spürte Blake, wie sein Drachen aus einem kurzen Powernap erwachte. *Warum redet ihr? Pausen sind zum Essen da, nicht fürs Plaudern. Beeil dich und stell sicher, dass sie noch Energie hat. Ich will sie wieder.*

Blake widerstand einem Seufzer und sagte zu Dawn: „Mein Drache ist noch begieriger als du, diesen Rausch fortzusetzen. Also, wenn du Essen oder etwas Wichtiges brauchst, ist jetzt der Zeitpunkt dafür."

Sie wackelte auf seinem Schoß, sein Schwanz

wurde bereits wieder hart. „Im Moment will ich nur mehr von dir, Blake. Also küss mich noch einmal."

Und ohne ein weiteres Wort drückte er seine Lippen auf ihre und konzentrierte sich darauf, die besten Möglichkeiten zu lernen, seine Menschenfrau zu erfreuen. Zumindest, solange er die Kontrolle hatte. Sein Drache hatte seine eigene Art von Magie, die Dawn ebenfalls glücklich zu machen schien.

Kapitel Zehn

Als Dawn gegen das helle Licht blinzelte, versuchte sie, sich zu erinnern, welcher Tag es war. War noch einer vergangen? Sie hatte längst den Überblick verloren. Nicht, weil sie den Rausch nicht genoss, sondern weil sie sich jeden Tag fragte, ob die Drachen Unrecht hatten und sie doch nicht wieder schwanger werden konnte.

Dann streichelte eine vertraute warme Hand ihre Wange, und sie drehte sich um, um Blakes Blick zu begegnen. Seine vom Schlaf raue Stimme rollte über sie. „Guten Morgen, Liebes."

Als sie bemerkte, dass seine Pupillen nicht blitzten, fragte sie sich, wie lange Blake diesmal die Kontrolle haben würde. Doch eins nach dem anderen – sie brauchte Essen, wenn sie mit ihrem Drachenmann mithalten wollte. „Bereit fürs Frühstück?"

Sie wollte schon aufstehen, doch Blake zog sie

herunter und drehte sie so, dass ihr Rücken an seiner Brust lag. Während er ihren Hals küsste, fragte sie: „Schon wieder?"

Er hielt sie ein paar Sekunden, bevor seine Hand zu ihrem Unterbauch wanderte. Ihr Herz schlug schneller, als sie sich fragte, ob es wahr sein könnte. Endlich flüsterte er: „Nicht, bis du völlig ausgeruht bist, Dawn. Du musst unser Kind schützen und stark sein für ihn oder sie."

Für eine Sekunde lag sie wie betäubt da. Sie hatte glauben wollen, dass Bram und die anderen recht hatten, dass Wunder zwischen wahren Gefährten geschehen konnten, aber ein leiser Zweifel blieb. Mehr als ein Arzt hatte auf dem langen Weg zu Daisy behauptet, eine sichere Methode zu kennen, ihr zu einem Kind zu verhelfen, und sie hatte gelernt, etwas skeptisch zu sein.

Aber Blakes Hand war warm auf ihrem Bauch, und sie legte vorsichtig ihre eigene darüber. „Ist es wirklich wahr?"

Ihre Stimme brach am Ende, und Blakes besorgter Tonfall erfüllte ihr Ohr. „Geht es dir gut, Dawn? Soll ich den Arzt holen?"

Obwohl Tränen über ihre Wangen liefen, schüttelte sie den Kopf. „Nein, nein, mir geht's gut. Eigentlich mehr als gut."

Sie drehte sich, bis sie ihm ins Gesicht sehen konnte. Blake runzelte sofort die Stirn, und sein Blick wurde besorgt. „Du weinst, Liebes. Warum?"

Sie wischte eine Hand über ihre Augen, bevor sie antwortete. „Das sind Freudentränen, das versichere ich dir. Ich wusste nur nicht, ob es passieren könnte. Ich weiß, alle haben gesagt, dass es bei wahren Gefährten geht, aber ich schätze, ich habe es trotzdem bezweifelt."

Er küsste sie sanft auf die Lippen und sagte dann: „Wenn du es von Dr. Sid bestätigt haben willst, kann ich dich sofort zur Krankenstation bringen."

Sie küsste ihn ein paar Sekunden, bevor sie ihre Stirn an seine legte. „Nein, wenn dein Drache sagt, dass es stimmt, dann glaube ich ihm."

Er rollte sich auf den Rücken, zog sie an seine Brust und streichelte ihren Rücken, während er in ihr Haar murmelte: „Es stimmt, Dawn. Mein Duft ist mit deinem vermischt, was bedeutet, dass du mein Baby trägst. Jetzt, wo mein Pflichtbeitrag geleistet ist, brauche ich deine Hilfe – ich habe nicht die leiseste Ahnung, wie man ein Baby versorgt."

Sie lächelte und kuschelte sich an seine harte, warme Brust, mochte es, wie sein Duft ihr bereits vertraut geworden war. „Ich werde dir zeigen, wie es geht. Und ich könnte mir vorstellen, dass auch Daisy helfen will."

Bei der Erwähnung ihrer Tochter brach eine Sehnsucht über sie herein. Sie vermisste Daisy, mehr, als ihr bewusst gewesen war.

Als ob er ihre Gedanken gelesen hätte, sagte Blake: „Sobald wir gegessen und geduscht haben, gehen wir zu Bram, damit er alles in die Wege leiten kann, damit Daisy so schnell wie möglich herkommt."

Sie lehnte sich zurück und begegnete erneut seinem Blick. „Ich bin gerade glücklich, wirklich. Also versteh das bitte nicht falsch, aber kann ich Daisy auch bald anrufen? Ich muss ihre Stimme hören."

Er streichelte ihre Wange. „Natürlich musst du das. Der Rausch hat fünfzehn Tage gedauert, und ich glaube, du hattest noch nie so lange keinen Kontakt zu ihr, oder?"

Sie schüttelte den Kopf. „Nein, nie."

„Nun, dann stehen wir auf und setzen alles in Gang, damit du mit ihr sprechen kannst."

Während Dawn in Blakes Augen starrte, entdeckte sie keinen Hauch von Unmut – wusste aber nicht, ob er es nur gut verbarg oder ob er wirklich verstand, wie sehr Dawn ihre Tochter liebte.

Der Rausch war wie eine Blase gewesen, eine, in der es nur sie und Blake gegeben hatte. Sie hoffte nur, dass sie nicht platzen würde, sobald Daisy dazukam – denn es würde ihr das Herz brechen, wenn ihre Tochter und der Vater ihres zweiten Kindes zerstritten wären.

Nein, Dawn. Schluss jetzt. Sie war es so gewohnt, dass Dinge mit Männern schiefgingen, dass sie ihren eigenen Geist vergiftete. Blake würde seine Chance bekommen, und sie würde selbst sehen, wie es lief.

Obwohl – war es zu viel verlangt, einen Mann

zu haben, in den sie sich vermutlich verlieben könnte, sowie eine glückliche Patchworkfamilie?

Nachdem sie Blake ein letztes Mal geküsst hatte, stand sie auf und machte sich fertig. Dawn war kein Feigling; also blieb nur eins: alles in Gang setzen, um herauszufinden, was ihre Zukunft als Nächstes bereithielt.

Kapitel Elf

B lake tat sein Bestes, seine Nervosität zu verbergen, was bedeutete, seine Miene freundlich zu halten und nicht mit der Hand gegen seinen Oberschenkel zu trommeln.

Er war jedoch nicht nervös, weil er bald mit einem elfjährigen Mädchen zusammenziehen würde, das seine Stieftochter wäre. Er wusste, dass das eine Herausforderung sein würde, und er akzeptierte es für eine Chance bei Dawn.

Nein, er war nervös, weil er Dawn zum ersten Mal seine Drachengestalt zeigen würde.

Er konnte bereits einige Leute am Rand des weniger genutzten Landeplatzes sehen, der sich am hinteren Rand von Stonefires Gebiet befand. Irgendwie hatte sich bereits herumgesprochen, dass er wandeln wollte, und Zuschauer waren dorthin geströmt.

Sein Drache grunzte. *Es spielt keine Rolle. Das ist für Dawn und nur für Dawn. Außerdem ist das unsere letzte*

Gelegenheit, ihr unsere Drachengestalt zu zeigen, bevor Daisy morgen früh ankommt.

Ich weiß, aber wenn jemand herbeistürmt, um unseren schwarzen Fleck zu berühren, und anfängt, einen dramatischen Wunsch zu äußern, bin ich mir nicht sicher, ob ich in unserer Drachengestalt bleiben und Dawn die Peinlichkeit sehen lassen will.

Bevor sein Tier weiter argumentieren konnte, kam Dawn mit Sasha an ihrer Seite auf den Landeplatz, und er vergaß alles außer seiner baldigen Gefährtin.

Seit er aufgewacht war und wusste, dass sie sein Kind trug, strahlte sie. Auch wenn er hoffte, es läge teilweise an ihm, wusste er, dass sie wahrscheinlich so glücklich war, ein weiteres Kind zu bekommen.

Sein Tier seufzte. *Hör auf zu zweifeln. Sie hat den Rausch durchgemacht, uns beide angenommen und war seitdem nichts als offen und verspielt.*

Es stimmte − seit sie ihr Cottage endlich verlassen hatten, war der vergangene Tag voller Glückwünsche und verstohlener Blicke untereinander gewesen.

Schließlich antwortete er: *Ich weiß. Es ist nur, dass das Wandeln in der Öffentlichkeit mich immer ein wenig aufwühlt. Ich glaube, ich werde mich nie an Zuschauer gewöhnen.*

Dann kam Dawn auf ihn zu, berührte seine Wange, und seine Nervosität verblasste erheblich. Sie sagte: „Du hättest auf mich warten sollen, dann hätten wir zusammen hierherkommen können."

Er hielt seine Stimme leise, sodass nur Dawn ihn

hören konnte. „Ich habe ein wenig Zeit gebraucht, um mich vorzubereiten. Und ich wusste sowieso, dass du bei Sasha bist."

Sie begegnete seinem Blick und beugte sich schließlich vor, um ihn sanft zu küssen. „Trotzdem, sprich nächstes Mal mit mir darüber, okay? Wenn wir eine Familie werden wollen, müssen wir über alles offen sein."

Er zeichnete ihre Kinnlinie nach und nickte. „Ich werde es versuchen, versprochen. Vergiss nicht: Ich war fast vierzig Jahre lang Junggeselle, also wird es ein wenig Zeit brauchen, mich anzupassen."

Ein Mundwinkel zuckte nach oben. „Oh, warte nur, bis Daisy hier ist. Dann wirst du keinen Moment mehr haben, um dir darüber Sorgen zu machen."

Der Kommentar hätte ihn vor drei Wochen noch beunruhigt. Aber jetzt? Es erinnerte ihn nur daran, dass er nicht länger allein leben und sich isolieren musste. Nach der Paarungszeremonie am nächsten Tag hätte er eine Gefährtin und eine Tochter.

Zwei Menschen, die sein wahres Ich kennenlernen würden und nicht nur die Tatsache, dass er ein Einhorndrache war.

Blake küsste Dawns Wange und deutete zu Sasha, die am Rand des Landeplatzes stand, nahe den zwei Meter hohen Steinmauern voller Nischen für Kleidung und Gegenstände. „Apropos, ich will sicherstellen, dass du meinen Drachen sehen und berühren kannst, bevor wir in weiteren Papierkram und Planungen für morgen verwickelt werden. Mit Daisys Ankunft und der Paarungszeremonie werden wir danach eine Weile keinen freien Moment haben. Also solltest du zu Sasha gehen, damit ich wandeln kann."

Sie berührte seine Wange ein letztes Mal – er würde ihrer weichen, warmen Berührung nie überdrüssig werden – und stellte sich dann zu ihrer Freundin.

Sobald Dawn an ihrem Platz war, konzentrierte sich Blake ausschließlich auf seine Gefährtin. Keiner der anderen dort herumstehenden Drachenwandler spielte eine Rolle.

Sein Drache grunzte. *Gut. Dann lass uns anfangen.*

Blake zog schnell seine Kleider aus und warf sie zur Seite – er hatte sich dagegen entschieden, nackt auf Dawn zu warten, da die Menschenfrau sich an die Vorstellung von beiläufiger Nacktheit erst noch gewöhnte – und schloss die Augen, um sich zu konzentrieren.

Er stellte sich Flügel vor, die aus seinem Rücken sprossen, seine Nase, die sich zu einer Schnauze verlängerte, und seine Gestalt, die wuchs und sich streckte, bis er schließlich in seiner großen Drachengestalt dastand.

Mit einem tiefen Atemzug öffnete er die Augen und begegnete Dawns Blick.

Sie stand ehrfürchtig da, und es brauchte einen Ellbogenstoß von Sasha, um den Zauber zu brechen.

Während sie langsam auf ihn zukam, bemerkte

Blake aus den Augenwinkeln, dass auch einige andere näher an ihn herankamen.

Sein Drache meldete sich zu Wort. *Ignorier sie. Dawn ist alles, was zählt.*

Und genau das tat er, beobachtete das Spiel der Emotionen auf ihrem Gesicht, als sie sich näherte. Die Ehrfurcht wurde bald durch Staunen und dann Neugier ersetzt.

Da er in seiner Drachengestalt nicht sprechen konnte, senkte Blake den Kopf, sodass er, als Dawn nahe genug war, sanft ihre Schulter anstupsen konnte.

Sie lachte über die Berührung und hob dann eine Hand, um seine Schnauze zu berühren. Ihre Stimme vertrieb seinen Ärger über ein paar Teenager, die sich immer näher an seinen Schweif heranschlichen. Sie sagte: „Ich weiß nicht, wie ich es anders sagen soll, aber du bist wunderschön, Blake."

Während sie seine Schnauze streichelte, summte sein Drache. Der Klang ließ Dawn noch breiter lächeln.

Sein Tier sagte: *Siehst du? Nur Dawn zählt. Und sie findet mich wunderschön.*

Ich weiß, und du wirst niemals vergessen, mich daran zu erinnern, oder?

Natürlich nicht.

Als seine Menschenfrau nach oben streichelte, Richtung Ohr, senkte Blake seinen Kopf weiter. Dann fand sie die Stelle ohne Schuppen hinter seinem Ohr und konzentrierte ihre Aufmerksamkeit darauf. Während er sich in ihre Liebkosung lehnte, wusste er, dass sie ein paar Tipps von Sasha bekommen haben musste, was zu tun war.

Dann spürte er, wie jemand seinen Schwanz berührte, wo sein Fleck war, und er erstarrte.

Dawn musste die Anspannung seiner Muskeln bemerkt haben, denn sie lehnte sich zur Seite und runzelte die Stirn. Sie rief: „Es ist unhöflich, jemanden ohne dessen Erlaubnis zu berühren. Fändest du es gut, wenn dir jemand vor deinen Freunden oder deiner Gefährtin an den Schweif fasst?"

Die Berührung verschwand, und eine mürrische Teenagerstimme füllte seine Ohren. „Nein."

„Richtig, dann ab mit dir und lass ihn in Ruhe."

Er blickte über seine Schulter, und zu Blakes Überraschung murrten die Teenager, gingen aber weg.

Dawn klopfte auf seine Seite. „Ich werde nie deine Stärke, Geschwindigkeit oder Supersinne haben, aber ich kann auf jeden Fall versuchen, die Kinder dazu zu bringen, dich in Ruhe zu lassen. Es klappt vielleicht nicht immer, aber es gibt fast so eine Art ‚Mutterstimme', die bei vielen Kindern zu wirken scheint. Also werde ich mein Bestes tun, und Daisy wird mir sicher helfen, die unerwünschte Aufmerksamkeit zu verscheuchen. Sie wird die Verantwortung sehr ernst nehmen, denke ich."

Hätte er in seiner Drachengestalt lächeln können, hätte er es getan. Der Gedanke an Dawn und Daisy, die unerwünschte Zuschauer verscheuchten, war zu amüsant.

Sein Drache meldete sich. *Siehst du? Sie ist in so vieler Hinsicht perfekt für uns, viel mehr als nur die Tatsache, dass sie im Bett so offen ist und dich sogar zum Lachen bringen kann, wenn das sonst niemand schafft.*

Sashas Stimme durchbrach sein Gespräch. „Dawn, ich hasse es, das zu unterbrechen, aber wir haben bald dieses Treffen in der Schule. Ich gebe dir und Blake ein paar Minuten allein und warte direkt hinter der Mauer hier." Die dunkelhaarige Drachenfrau warf ein paar Blicke auf die verweilenden Drachenwandler. „Wir werden ihnen *allen* etwas Privatsphäre geben, nicht wahr?"

Mit ein wenig Murren gingen die anderen. Sasha zwinkerte und verschwand ebenfalls hinter der Mauer, die den Landeplatz umgab.

Sein Tier schnaubte. *Warum müssen wir so bald zurückwandeln? Ich will mehr Ohrkraulen.*

Es gibt viel zu tun, bevor Daisy morgen ankommt. Außerdem, hättest du nicht gern Dawn und *Daisy, die dir beide hinter den Ohren kraulen?*

Vielleicht. Sein Tier hielt inne, bevor es hinzufügte: *Gut, wandle zurück. Aber keine Ausreden, wenn ich wieder vor Dawn wandeln will. Ich will mehr Zeit mit ihr.*

Er stupste sanft Dawns Schulter an und bedeutete mit dem Kopf, dass sie zurücktreten sollte. Nach einem letzten Tätscheln seiner Schnauze bewegte sie sich in einen sicheren Abstand.

Blake stellte sich vor, wie seine Glieder schrumpften, seine Flügel in seinen Rücken verschmolzen und sein Gesicht sich normalisierte. Sobald er wieder in seiner menschlichen Gestalt war, schritt er direkt auf Dawn zu. Ohne sich darum zu kümmern, wer zusah, zog er sie an sich und küsste sie.

Ihr überraschter Laut verwandelte sich schnell in die sanften Geräusche, die sie immer machte, als sie seinen Kuss erwiderte. Er leckte und verschlang ihren Mund, ließ seine Zunge mit ihrer tanzen, wann immer er konnte. Schließlich ließ er sie Luft holen, berührte ihre Wange und murmelte: „Danke."

Sie neigte den Kopf. „Es ist nichts, wirklich. Ich erinnere mich, als ich schwanger war und jeder einfach meinen Bauch berührt hat, ohne zu fragen. Es wird ziemlich schnell ärgerlich. Ich dachte mir, es ist dasselbe mit deinem Fleck, richtig? Du brauchst nur ein wenig Dawn und Daisy, um die Leute daran zu erinnern, dass es nicht okay ist, persönliche Grenzen zu überschreiten, nur weil man an eine Geschichte glaubt."

Er lachte leise. „Das Dawn-und-Daisy-Team, hm? Ich glaube nicht, dass irgendjemand eine Chance hat."

Sie schmunzelte. „Nicht, wenn Daisy dabei ist. Ich bin sicher, sie wird T-Shirts wollen und Plakate mit allerlei Warnungen oder so machen, um sie überall auf den Landeplätzen aufzuhängen."

Während er in Dawns Augen starrte und ihr Lächeln erwiderte, verschob sich etwas in ihm.

Seine Menschenfrau bedeutete ihm in so kurzer Zeit schon so viel. Er war mehr als halb in sie verliebt.

Sein Drache knurrte. *Sie gehört uns. Ich hoffe, du schätzt sie, wie sie es verdient.*

Blake würde es immer versuchen. Aber zuerst einmal musste er sicherstellen, dass für Daisys Ankunft am nächsten Tag alles bereit war.

Also küsste er seine schöne Gefährtin schnell, zog sich an und nahm ihre Hand, während er sie zur Schule führte. Genauso wie sie ihm auf dem Landeplatz den Rücken gestärkt hatte, würde er ihr bei allen Aspekten des Clanlebens beistehen, die neu für sie waren.

Vielleicht konnte er mit seinen Taten beweisen, wie sehr er sie wollte.

Und so half Blake den Rest des Tages auf jede erdenkliche Weise und war nicht einmal enttäuscht, als Dawn später am Abend vor Erschöpfung in seinen Armen einschlief. Seine wahre Gefährtin einfach zu halten war genug.

Kapitel Zwölf

Kurz vor Mittag trat Dawn am nächsten Tag mit Blake an ihrer Seite aus Brams Cottage und wurde sofort von ihrer Tochter in eine Umarmung gezogen.

Sie war kurzzeitig verwirrt, da sie gedacht hatte, Daisy würde im Hauptgebäude der Beschützer auf sie warten, doch dann hielt sie ihre Tochter fest an sich. „Daisy, du bist hier! Ich habe dich so vermisst."

Das Mädchen blickte zu ihr auf und nickte. „Ja, sie sagten, ich müsse draußen warten, bis ihr fertig seid. Irgendwas davon, dass ihr etwas Wichtiges macht."

Sie strich Daisy ihr wildes Haar aus dem Gesicht. „Ich musste ein paar Dinge unterschreiben, um sicherzustellen, dass wir in Stonefire leben können."

„Also ist alles erledigt? Bald sollte der Umzugstag sein, oder? Mrs. Barlow hat mich nur einen Koffer packen lassen, aber das ist nicht all mein Zeug. Und ich konnte auch nicht all meine Geschichten und Bücher über Drachen mitbringen. Die brauche ich aber, weil ich denke, dass sie wirklich wichtig sein werden."

Sie lachte. „Wir ziehen in den nächsten Tagen endgültig um. Bis dahin wirst du ohne den Rest deiner Sachen überleben." Sie blickte auf und lächelte Mariana und Freddie an. „Danke, dass Sie sich um sie gekümmert haben, Mari."

Marianas Englisch war von ihrem portugiesischen Akzent gefärbt. „Kein Problem. Es hat meiner Emily gefallen, eine Freundin dazuhaben. Obwohl mein Sohn, glaube ich, froh ist, dass sie weg ist."

Daisys Stimme hielt Dawn davon ab zu antworten. „Es hat Spaß gemacht, Mum. Aber du hattest auch Spaß, oder? Und jetzt werde ich einen kleinen Bruder oder eine Schwester bekommen? Und Mr. Whitby wird auch bei uns wohnen?"

Richtig, Blake. Der Mann war etwas nervös, zum ersten Mal mit Daisy zusammenzuleben, und jetzt hatte Dawn auch noch vergessen, ihn einzubeziehen.

Sie musste wirklich daran denken, dass es nicht mehr nur sie und Daisy waren.

Doch Blake sprach, bevor Dawn ein Wort sagen konnte. „Nenn mich Blake, Daisy. Und ja zu beiden Fragen – wir werden von jetzt an alle zusammenleben, und in etwa neun Monaten wirst du ein Geschwisterchen haben."

Dawn unterdrückte ein Lächeln darüber, wie

förmlich Blake klang. Er mochte es vielleicht, in der Schule auszuhelfen, aber er war offensichtlich nicht daran gewöhnt, regelmäßig mit Kindern zu sprechen. Dawn ergriff das Wort. „Wie wäre es, wenn wir uns alle zusammen unser neues Zuhause ansehen? Ich habe gehört, Freddies Mum wartet dort mit Keksen und Kuchen."

Ihre Tochter sprang zurück und klatschte in die Hände. „Kekse und Kuchen? Ein spezielles Drachenwandlerrezept? Ich hatte letztes Mal welche, als ich hier war, aber ich weiß nicht mehr, wie sie hießen. Erinnerst du dich, Freddie?"

Der kleine Junge grunzte. „Ingwer-Drachen-Kekse."

„Genau, Ingwer-Drachen-Kekse. Hat sie diesmal auch welche gemacht, Freddie? Oder vielleicht eine besondere Art von Drachenkuchen? Es könnte sogar ein leckeres Getränk geben, das ich noch nie probiert habe. Es gibt so viele Möglichkeiten, jetzt, wo ich bei einem Drachenclan lebe!"

Dawn lachte und entschied, dass, wenn sie sie nicht alle so langsam in die richtige Richtung lenkte, Daisy locker eine halbe Stunde über süße Leckereien reden konnte. „Wie wäre es, wenn wir gehen und es herausfinden? Das ist viel schneller, als wenn du weiterrätst."

Freddie schaute Dawn an. „Kann ich mit ihr vorgehen? Ich verspreche, wir werden nicht weglaufen."

Sie musterte den jungen Drachenwandler eine

Sekunde, bevor sie nickte. „Kein Weglaufen. Ich habe gehört, sonst wird dein Onkel vorbeikommen, um dich an die Clanregeln zu erinnern."

Freddie seufzte. „Ich will nicht noch einen Vortrag von Onkel Zain." Er nahm Daisys Hand. „Komm, Daisy. Wir können uns die besten Stücke aussuchen, wenn wir zuerst da sind."

Bevor sie sagen konnte, dass sie mit dem Essen warten mussten, bis alle da waren, rannten Freddie und Daisy schon den Fußweg hinunter.

Blake meldete sich zu Wort. „Keine Sorge, Dawn. Wenn es um Süßigkeiten geht, halten sich Kinder normalerweise an die Regeln. So war es zumindest bei den Schulveranstaltungen."

Sie lächelte Blake an und wollte ihn unbedingt fragen, ob es ihm bisher gut ging. Doch sie konnte Mariana nicht einfach allein dastehen lassen. Also schaute Dawn die Frau an und sagte: „Sie sind herzlich eingeladen, zum Tee und Kuchen zu bleiben, Mari, wenn Sie möchten."

Mariana schüttelte den Kopf, ihr dunkles Haar schwang um ihre Schultern. „Nein, ich muss zurück nach Manchester fahren, bevor meine Kinder aus der Schule kommen."

Dawn ging zu Mariana und nahm eine ihrer Hände. „Vielen Dank, Mari. Und sobald wir hier alles eingerichtet haben, müssen Sie uns besuchen kommen."

Mariana schenkte ihr ein kleines Lächeln. Dawn konnte sich nicht erinnern, sie je breit schmunzeln gesehen zu haben. Alles dank ihres Ex-Mannes und seiner Gewalttätigkeit, zweifellos. Die Nachwirkungen hatten die Frau vorsichtig gemacht, bis zu dem Punkt, dass Mariana nie zugelassen hatte, dass sie mehr füreinander waren als Eltern von zwei befreundeten Kindern.

Vielleicht konnte sie jemanden für Mariana in Stonefire finden. Nicht aus rein egoistischen Gründen, obwohl es Dawn gefallen würde, jemanden aus ihrem alten Leben in der Nähe zu haben. Ganz zu schweigen davon, dass Emily auch mit Freddie und Daisy befreundet war.

Mariana antwortete: „Das würde Emily gefallen. Ich bin mir sicher, sie wollen sich schon bald verabreden. Rufen Sie mich an, wenn alles geregelt ist."

Sie nickte und wünschte sich, sie könnte die Frau umarmen. Doch Mariana achtete sorgfältig darauf, niemanden außer ihren Kindern zu berühren. Also antwortete Dawn nur: „Natürlich."

Nachdem ein paar weitere Details geklärt waren und Mariana zu ihrem Auto begleitet wurde, sah Dawn zu Blake auf und nahm seine Hand. „Bereit, unser neues Leben zu beginnen?"

„Größtenteils. Aber für dich würde ich alles tun."

Seine Worte klangen aufrichtig, und das ließ ihr Herz ein wenig schneller schlagen. Sie hoffte wirklich, dass er mit Daisy umgehen konnte, denn es wurde immer schwerer, sich vorzustellen, ihr Leben mit einem anderen Mann zu verbringen. „Nun, dann lass uns gehen. Sonst fürchte ich, dass Daisy

Sasha um den Finger wickelt und vier Stücke Kuchen isst, bevor wir da sind."

Er lachte leise und zog sie den Weg entlang. „Dann beeilen wir uns. Ich weiß, was Zucker mit Kindern anstellt, und ich möchte meine erste Nacht als Stiefvater lieber nicht damit verbringen, einen Zuckerrausch und den anschließenden Crash auszubaden."

„Das wäre jedenfalls ein guter Einstieg." Er hob die Augenbrauen, und sie lachte. „Okay, nicht einmal ich will damit umgehen." Sie ließ seine Hand los. „Also werde ich mit dir dorthin um die Wette rennen."

Sie stürmte den Fußweg hinunter und versuchte zu rennen, obwohl sie ganz sicher keine Läuferin war, und genoss es, wie Blake, als er sie einholte, sie von hinten schnappte und sie eine Sekunde lang herumwirbelte, bevor er sie absetzte.

Während sie schnell Hand in Hand zusammen weitergingen, konzentrierte sich Dawn ausnahmsweise nur darauf, glücklich zu sein und ihre Sorgen zu verdrängen.

BLAKE MOCHTE ES, Dawn zu fangen und verspielt mit ihr zu sein. Das war etwas, das er nie von sich gedacht hätte, bevor eine Menschenfrau ihm gezeigt hatte, wie viel Spaß kleine, sinnlose Spiele oder Handlungen machen konnten.

Nun war die Frage, ob er das auch mit Daisy tun konnte, ohne dass es seltsam war.

Sein Drache meldete sich. *Hör auf, dir so viele Sorgen zu machen. Bei den vielen Schulveranstaltungen, bei denen du über die Jahre geholfen hast, hast du gesehen, wie Eltern mit ihren Kindern umgehen. Versuch erst einmal, weniger förmlich zu sein. Ich glaube nicht, dass Daisy die Art von Kind ist, die gut darauf reagiert.*

Als wäre es so einfach, Kinder bei einer Schulveranstaltung zu beobachten! *Nur, dass sie kein Kind ist, das wir mal einen Abend sehen, und dann gehen wir nach Hause. Wenn sie uns von Anfang an nicht mag, wird es Dawn das Herz brechen.*

Dann werd' locker, und gewinne Daisy für dich.

Sein Drache war immer der entspanntere von beiden gewesen. Zweifellos sonnte er sich in der Tatsache, dass er Blake etwas beibringen konnte. *Du liebst das, oder?*

Sein Tier schnaubte. *Natürlich tue ich das. Und auch nicht nur, weil wir jetzt eine eigene Frau haben. Aber du musst vielleicht tatsächlich meinen Rat annehmen, wie man mit Daisy umgeht.*

Er murmelte ein paar Worte im Kopf, kam aber nicht dazu, mehr zu tun, weil ihr neues Zuhause in Sicht kam.

Es war ein zweistöckiges Cottage mit einem kleinen Garten hinten. Obwohl es nicht so isoliert war wie sein vorheriges Zuhause, lag es am Rand des Hauptwohngebiets. Sie hatten die Wahl zwischen zwei Häusern gehabt, aber dieses war näher am Haus der Athertons, und er und Dawn waren sich einig gewesen, dass es das Beste für Daisy und Freddie wäre.

Dawn drückte seine Hand und lenkte so seine Aufmerksamkeit auf sich. „Und so beginnt unser neues Leben. Bereit für das Abenteuer?"

„Mehr als alles andere."

Ihre Wangen erröteten, und das machte sowohl Mann als auch Tier glücklich.

Sie schlug ihm leicht an die Seite. „Übertreib' nicht, Blake! Oder besser noch: Heb' es dir für deine Gespräche mit Daisy auf. Sie liebt das, und je übertriebener, desto besser. Ich bin sicher, es wird bald eine Art Wettbewerb zwischen euch beiden."

Er wollte sagen, dass es keine Übertreibung war, entschied sich aber, nur zu nicken. Immerhin wusste er nicht, ob Dawn sich ihm bereits so nahe fühlte wie er sich ihr. „Ich bin es gewohnt, Fakten zu liefern, aber ich werde mein Bestes versuchen."

Sie küsste seine Wange. „Gut, dann lass uns sehen, ob Daisy es geschafft hat, Sasha zu bezirzen, dass sie ihr extra Kuchen gibt, oder ob sie ihr widerstehen konnte."

Sie näherten sich der Tür, und er bemerkte die kleine Metallplakette, auf der „Die Chadwick-Whitbys" stand. Dawn hatte wegen ihrer Tochter beide Namen behalten wollen, und es hatte ihn nicht gestört.

Doch die Plakette zu sehen, machte jetzt alles real. Sein neuer Weg würde beginnen, sobald er ihr Zuhause betrat. „Das muss Sasha mitgebracht haben", bemerkte er.

Dawn nickte. „Sie sagte, sie habe ein paar Überraschungen für uns. Es ist hübsch, oder? Jetzt lass uns sehen, was sie sich noch hat einfallen lassen."

Sie betraten das Cottage und wurden gleich von Lachen und Geplauder aus der Küche begrüßt. Wie die meisten Häuser in Stonefire war auch dieses leicht schallgedämmt, um Nachbarn und Passanten daran zu hindern, alles zu hören, was drinnen vor sich ging, da Drachenwandler ein überempfindliches Gehör hatten.

Sobald sie die Küche betraten, lächelte Blake, als Daisy durch den Raum tanzte und eine Nummer aus dem Theaterstück vorführte. Als sie sie bemerkte, hielt sie inne und grinste. „Mum, hier gibt's so viel mehr Platz! Ich kann sogar in der Küche tanzen, anders als in unserer Wohnung in Manchester!"

Er warf Dawn einen fragenden Blick zu, und sie zuckte mit den Schultern. „Wir haben immer eine Wohnung gemietet. Du wirst es sehen, wenn wir in ein paar Tagen unsere restlichen Sachen holen."

Er hatte zugestimmt, zum ersten Mal in eine Stadt zu fahren, um seiner neuen Gefährtin und Tochter beim Packen und Umziehen zu helfen.

Bevor er Dawn gekannt hatte, wäre er bei der Idee zusammengezuckt. Aber seine Gefährtin war ein Mensch, und sein Nachwuchs würde halb menschlich sein, also musste er mehr über ihre Welt lernen, egal wie laut oder geruchsintensiv ein großer

Ort wie Manchester für einen Drachenwandler sein mochte.

Daisy meldete sich wieder zu Wort. „Hey, Mum, können wir jetzt mein Zimmer sehen? Mrs. Atherton sagte, wir müssten warten, bis ihr hier seid, bevor ich nach oben kann. Sie hat sogar angedeutet, dass sie eine oder zwei Überraschungen in meinem Zimmer hinterlassen hat. Also können wir jetzt gehen, Mum? Bitte?"

Dawn lächelte. „Wir gehen zu dritt und sehen es uns an. Wenn das okay ist, Sasha?"

Sasha nickte. „Freddie muss mir sowieso mit den Sandwiches helfen." Sie zwinkerte. „Ich werde auf die Schreie lauschen."

Sein Drache meldete sich zu Wort. *Okay, jetzt bin ich auch neugierig. Beeilen wir uns. Ich hoffe, Sasha hat nicht die Geschenke, die wir für Daisy gekauft haben, überboten.*

Zu sagen, dass ein innerer Drache Wettkämpfe liebte, war eine Untertreibung. *Ich glaube nicht, dass sie das tun würde. Egal, sie hat die Dinge nur gekauft, weil sie Daisy mag. Und Daisy braucht alle Verbündeten in Stonefire, die sie bekommen kann.*

Sein Drache schnaubte. *Aber sie wird nicht von jetzt an Daisys Elternteil sein. Wir sollten Extrapunkte dafür bekommen.*

Blake tat sein Bestes, nicht über den mürrischen Ton seines Tieres zu lachen.

Glücklicherweise bedeutete Dawn ihnen, dass sie nach oben gehen sollten. Sie ging voran, Daisy direkt hinter ihr, und Blake bildete das Schlusslicht. Sie blieben bald vor der Tür des Zimmers stehen, das am weitesten von seinem und Dawns entfernt war, Daisys Zimmer.

Seine Frau legte ihre Hand an den Türknauf, drehte ihn aber nicht. „Hey, wie wäre es mit einem Spiel, Daisy? Du kannst versuchen zu raten, was drinnen ist. Wenn du es nach zehn Versuchen noch nicht herausgefunden hast, gehen wir rein."

Daisy seufzte. „Mum, lass mich nicht warten. Das könnte Ewigkeiten dauern. Und ich habe schon ewig gewartet, um wieder hierher zu kommen. Du hast es schon gesehen, also ist es nur fair, dass ich mein neues Zimmer auch sehen kann."

Dawn lächelte. „Aber ich dachte, du magst Spiele? Du redest immer davon, mehr spielen zu wollen."

„Aber nicht jetzt. Freddie spricht schon seit Tagen von Überraschungen. Ich war so geduldig, aber ich platze gleich, wenn ich nicht herausfinde, was da drin ist, Mum."

Als Daisy nach vorn sackte, lachte Dawn, und sogar Blake lächelte. Daisy hatte tatsächlich ein Talent für Dramatik.

Seine Frau drehte den Knauf. „Wir können nicht zulassen, dass das passiert, oder? Dann wollen wir mal sehen, was hier drin ist …"

Sobald Dawn die Tür freigab, rannte Daisy hinein und schrie: „Schau nur! Da sind Drachen auf die Wände gemalt!" Blake war froh, dass ihr das Wandgemälde gefiel, das ein Kollege von ihm gemalt hatte, und beobachtete, wie Daisy zu dem kleinen Bücherregal neben dem Schreibtisch raste, den sie für sie ausgewählt hatten. „Und es gibt jede Menge Geschichten mit Drachen im Titel! Manche habe ich noch nicht gelesen." Dann ging sie zum Bett, und Blake bemerkte endlich, was Sasha mitgebracht hatte.

Daisy hob einen und dann einen weiteren Stoffdrachen hoch. Der größere war weiß, mit einem schwarzen Fleck, und der kleinere Stoffdrache war blau. Sie hielt den Weißen hoch. „Das bist du, oder, Blake? Ich habe deinen Drachen zwar noch nicht gesehen, aber ich habe von ihm gehört. Und jetzt wirst du mein Zimmer bewachen, richtig?" Sie drückte beide an ihre Brust. „Und der andere muss Freddie sein. Sie sind perfekt."

Er sprach zu seinem Tier: *Siehst du? Sie mag sie sehr. Du kannst nicht sauer auf Sashas Überraschung sein. Vielleicht.*

Daisy kam zu ihm und Dawn gerannt. „Ich liebe mein Zimmer! Habt ihr es zusammen dekoriert? Können wir unten auch Drachen an die Wände malen? Und gibt es noch mehr Bücher? Ich muss so viel lernen, um mit allen anderen mitzuhalten."

Blake lächelte. „Ich bin mir sicher, du wirst das aufholen. Obwohl ich dir auch gern Nachhilfe geben kann, wenn du willst."

Sie sah strahlend zu ihm hoch. „Oh, ich werde deine Hilfe sicher brauchen. Vielleicht nicht heute, weil es noch mehr zu sehen gibt und heute Abend eine große Party ist, oder? Damit ihr heiraten könnt. Nein, ich meine, verpaart werdet. Das ist richtig. Ich muss die richtigen Worte benutzen."

Dawn strich etwas Haar aus dem Gesicht ihrer Tochter. „Da wir nicht viel Zeit haben, bevor Blake und ich uns fertig machen müssen, gehen wir nach unten und verbringen etwas Zeit mit Sasha und Freddie, okay? Und denk dran, dich für die Drachen zu bedanken."

„Oh, das werde ich! Meine neuen Drachen sollten mit uns essen."

Dawn schüttelte den Kopf. „Nein, die bleiben hier oben. Sonst sind sie in Sekunden mit Zuckerguss bekleckert."

„Ich bin nicht so kleckrig, Mum." Dawn hob die Brauen, und Daisy seufzte, als sie zurück zu ihrem Bett trottete. „Na gut, ich lasse sie hier oben."

Blake zögerte eine Sekunde, aus Angst, sich einzumischen, entschied sich aber, doch etwas zu sagen. „Ich habe sowieso unten was noch Besseres für dich, Daisy. ein spezielles Drachenwandler-Getränk, bei dem auch spannende Wissenschaft im Spiel ist."

Viele Kinder hätten gestöhnt oder ein falsches Lächeln aufgesetzt, aber Daisy richtete sich wieder auf, Neugier in ihrem Blick.

Ja, dieses junge Menschenmädchen würde Ärger machen, wenn sie älter wurde, falls sie nicht aufpassten.

Daisy rannte zu ihm und nahm seine Hand. „Dann lass uns gehen, Blake. Ich muss alles über Drachenwandler wissen, was ich kann. Also fang an, mich zu unterrichten."

Dawn kicherte, und er teilte einen amüsierten Blick mit seiner Frau.

Und während Daisy ihn die Treppe hinunterführte, dachte er, dass am Ende vielleicht doch alles gut werden würde.

Sein Drache schnaubte. *Bis dir die interessanten Drachen-Fakten ausgehen.*

Halt die Klappe, Drache! Mir werden nie die Dinge ausgehen, die ich ihr beibringen kann.

Wenn du meinst.

Blake ignorierte seinen Drachen und genoss es einfach, Freddie und Daisy das spezielle Getränk zu zeigen, dessen Volumen sich verdoppelt, wenn man die richtigen Zutaten hinzufügt.

Auch wenn er normalerweise eher langfristig plante – seine Forschung erforderte diese Denkweise –, würde Blake den Moment genießen und sein Bestes geben, mehr davon zu schaffen, bis es natürlich erschien, dass sie eine Familie waren.

Kapitel Dreizehn

Ein paar Stunden später, als die Haustür hinter Dawn ins Schloss fiel, holte Blake tief Luft und ging zurück in Richtung Küche. Daisy sang gerade irgendein Lied, das er nicht kannte, und blätterte in einem ihrer neuen Bücher.

Er blieb im Türrahmen stehen und versuchte, nicht zu laut zu atmen, um sie nicht zu stören.

Sein Drache seufzte. *Wir müssen nur etwa eine Stunde auf sie aufpassen. Das ist nicht das Ende der Welt.*

Auch wenn Blake das wusste, war dies das erste Mal, dass er allein mit Daisy war und vollständig für ihre Betreuung verantwortlich war. Doch Dawn wollte, dass Sasha ihr beim Fertigmachen für die Paarungszeremonie half, und dies war seine erste Aufgabe, mit der er beweisen konnte, wie sehr er Dawn – und Daisy – in seinem Leben haben wollte.

Er atmete einmal tief durch, ging zu Daisy, und sie blickte auf. „Stimmt das, was in diesem Buch steht? Haben Drachenwandler vor langer Zeit gegen Menschen gekämpft – damals, als sie noch Pferde, Schwerter und so benutzt haben?"

Blake nickte und setzte sich ihr gegenüber an den Tisch. „Du hast in der Schule ein wenig über Kriege gelernt, oder?"

Sie rümpfte nachdenklich die Nase. „Ein bisschen. Manche haben wirklich lange gedauert, glaube ich."

„Nun, es ist dasselbe für Drachenwandler – wir waren auch in Kriegen. Manchmal gegen andere Drachen, manchmal gegen Menschen und manchmal gegen Menschen und Drachen, die sich zusammengetan haben."

Daisy neigte den Kopf. „Aber jetzt nicht mehr, oder? Ich meine, ich sehe Drachenwandler manchmal im Fernsehen, wie sie von menschlichen Reportern interviewt werden. Und du würdest meine Mum auch nicht heiraten, wenn wir im Krieg wären."

Er überlegte, wie ehrlich er sein sollte, entschied aber, dass Daisy alt genug war, um ein wenig zu lernen. „Nun, es gibt keinen ausgewachsenen Krieg, nein. Aber Drachenjäger wollen uns töten und unser Blut abzapfen. Also ist es wohl wie ein kleiner Krieg."

„Warum gebt ihr euer Blut nicht einfach kostenlos an Leute, die es brauchen? Dann würden sie vielleicht nicht versuchen, Drachen dafür zu jagen."

Auch wenn das oberflächlich betrachtet einfach klingt, nahm Blake sich eine Sekunde, um zu überlegen, wie er erklären sollte, dass Drachenwandler einige Vorteile brauchten, um nicht dauerhaft Bürger zweiter Klasse neben den Menschen zu werden.

Er entschied sich schließlich zu sagen: „Nun, die Leute könnten gierig werden. Und die Drachen wären am Ende ständig geschwächt, weil sie so viel Blut gäben. Und wenn wir nicht genug hätten? Dann wären die Leute trotzdem sauer auf uns."

„Vielleicht gibt es einen Weg, die Wissenschaft zu nutzen, um allen zu helfen. Du sagst immer, sie kann viele gute Dinge tun. Manchmal wirkt sie fast wie Magie, aber in Wirklichkeit steckt nur ein besonderes ‚Rezept' dahinter, oder?"

Er lächelte. „Also hast du bei den Drachencamp-Sitzungen doch aufgepasst."

Sie setzte sich aufrecht hin und nickte. „Natürlich. Ich versuche, alles zu hören, was die Drachen sagen. Ich bin mir noch nicht sicher, was ich werden will, wenn ich groß bin, aber es wird wahrscheinlich etwas mit Drachenwandlern zu tun haben. Also muss ich alles lernen."

Er lachte leise. „Wir können nie alles lernen."

„Nun, ich werde es versuchen."

Während sie einander anlächelten, verblasste Blakes Nervosität. Wenn nichts anderes half, konnte er immer noch das Lernen als eine Möglichkeit nutzen, um eine Bindung zu seiner baldigen Stieftochter aufzubauen.

Dann runzelte Daisy die Stirn und platzte heraus: „Wirst du gehen wie mein Dad?"

Er blinzelte über den plötzlichen Themenwechsel. Er hatte diese Frage nicht erwartet, zumindest nicht so bald.

Sie fuhr fort, bevor er etwas sagen konnte. „Es ist nur, dass ich dich mag, und meine Mum mag dich wirklich, und ich will nicht, dass sie wieder traurig ist. Und irgendwie denke ich, dass sie traurig sein wird, wenn du gehst. Sie ist so eine tolle Mum und sollte glücklich sein."

Sein Drache sagte leise: *Wir werden nicht gehen. Stell sicher, dass sie das weiß.*

Daisy sprach wieder. „Also hat dein Drache gerade gesprochen, oder? Weil deine Augen geblitzt haben. Was hat er gesagt?"

Blake wollte seine Hand auf Daisys legen, um sie vielleicht vom Reden abzuhalten, wusste aber nicht, ob ihr das angenehm wäre. Also sagte er stattdessen nur: „Ja, mein Drache redet viel. Wenn du also jedes Mal fragst, könnte das ein wenig zeitaufwendig werden." Sie öffnete den Mund, aber er ließ sie kein Wort sagen. „Was die Frage angeht, ob ich gehen werde – du, deine Mum und alle weiteren Kinder, die sie vielleicht bekommt, werdet immer Teil meines Lebens sein. Stonefire ist mein Zuhause, und ich werde es nicht verlassen."

Nicht gerade eine Erklärung, dass sie für immer zusammenbleiben würden, aber Blake und Dawn hatten sich noch nicht einmal gesagt, dass sie einander liebten. Blake liebte seine Menschenfrau, aber er würde nicht einfach Vermutungen über ihre Gefühle anstellen.

Aber er würde immer in ihrem Leben sein, selbst wenn es nur um ihres Kindes willen wäre. Das war die Wahrheit.

Daisy starrte ihn eine Sekunde an, bevor sie nickte. „Ich glaube dir. Das ist gut, denn wenn du gehst, bleibt das ganze Babysitten an mir hängen."

Er lachte leise. „Es gibt hier viele Leute, die deiner Mutter auf jede erdenkliche Weise helfen. Ich weiß, es war lange nur du und sie, aber das muss nicht mehr so sein."

Daisy schwieg ein paar Sekunden lang, was ungewöhnlich für sie war, und starrte ihn nur an. Schließlich nickte sie. „Ich glaube dir, Blake."

Sein Drache meldete sich zu Wort. *Sie wird eine gute ältere Schwester für unser Kind sein. Alle halten sie für flatterhaft und hyperaktiv, aber sie kann auch ernst und nachdenklich sein.*

Ich stimme zu. Ich denke, sogar ich habe sie ein wenig falsch eingeschätzt.

Daisy starrte ihn an, während sie auf ihrem Sitz hin und her rutschte. Zweifellos juckte es ihr in den Fingern, ihn nach seinem Drachen zu fragen. Sie wollte wirklich alles wissen.

Dann bemerkte Blake, wie spät es war, und entschied, dass ihr ernsthaftes Gespräch auf Eis gelegt werden musste. Er stand auf. „Wir müssen später weiterreden. Jetzt müssen wir uns beide umziehen und zur großen Halle gehen."

Er hatte halb erwartet, dass Daisy sich widersetzen würde, aber sie war im Nu von ihrem Stuhl aufgesprungen und rannte die Treppe hinauf.

„Beeil dich, Blake! Ich will sehen, wie sich alle fein gemacht haben. In den Sachen kann ich auf all die Tattoos starren – äh, sie mir ansehen kann!"

Kopfschüttelnd lächelte er, als Daisys Schlafzimmertür zuschlug.

Er eilte die Treppe zu seinem Zimmer hinauf, denn er wollte sicherstellen, dass er vor Daisy fertig war.

Und während er sich für seine Paarungszeremonie umzog, dachte er, dass er vielleicht, nur vielleicht, den Dreh rausbekäme, Vater eines älteren Kindes zu sein. Obwohl es noch viel zu tun gab, hatte er seinen ersten Test überstanden.

Doch nach wenigen Minuten hämmerte Daisy an seine Tür und sagte, er solle sich beeilen, und er schob alle ernsten Gedanken beiseite, um sich für seine eigene Paarungszeremonie fertig zu machen.

Etwas, von dem er nie gedacht hätte, es je zu haben, und etwas, das er nie als selbstverständlich betrachten würde.

DAWN STAND in einem Raum abseits des Hauptbereichs der großen Halle, und Sasha zupfte an ein paar Strähnen von Dawns Haar. Ihre Freundin trat schließlich zurück und nickte. „So, jetzt wird Blake den Rausch gleich nochmal machen wollen."

Verdammt seien ihre Wangen – sie wurden heiß.

„Da Daisy jetzt bei uns wohnt, können wir nicht so, äh, laut sein."

Sasha lachte. „Oh, ich bin sicher, ihr werdet kreativ. Nur weil ich Kinder hatte, habe ich nicht meine erotischen Bettspielchen aufgegeben."

Als ihre Freundin zwinkerte, schlug Dawn ihr leicht auf den Arm. „Hör auf, Sasha. Was, wenn Daisy jetzt hereinkäme?"

Sie deutete mit dem Kopf zur Tür. „Sie ist draußen in der Halle mit Freddie, Alfie und Evie. Wenn jemand Daisy ablenken und in der großen Halle halten kann, dann Evie."

Dawn hob die Brauen. „Nur weil sie die Gefährtin des Clanführers ist, ist das noch lange nicht garantiert."

„Alles, was sie tun muss, ist eine Tour durch das Gebäude der Beschützer zu versprechen, und ich bin sicher, Daisy wird alles tun."

Sie seufzte. „Dass alle irgendwelche Deals machen, wird sich eines Tages für mich noch als Eigentor erweisen, da bin ich mir sicher."

„Das wird nicht ewig so gehen. Im Moment ist es nur ein Weg, Daisy das Gefühl zu geben, willkommen zu sein. Und außerdem ist sie schick angezogen und bereit angekommen, also hat Blake den ersten Elterntest bestanden. Ich frage mich, ob auch er einen Deal mit ihr gemacht oder etwas anderes versucht hat?"

Da selbst Dawn Daisys wilde, lockige Haare kaum bändigen konnte, hatte sie bei dem etwas wilderen Aussehen, mit dem Daisy gekommen war, nicht die Stirn gerunzelt. „Ja, er hat sie pünktlich und fertig hergebracht. Obwohl ich das nicht gern als eine Reihe von Tests betrachte. Denn das lässt es klingen, als wäre Daisy weniger eine Person als vielmehr ein Hindernis. Und so gründet man keine Familie."

Sasha trat näher. „Keine Sorge, Dawn. Es ist klar, dass Blake dich anbetet. Er wird Daisy nicht aufgeben. Er ist viel ehrenhafter als dein Ex."

Sie suchte den Blick ihrer Freundin. „Ich weiß das, aber es ist trotzdem manchmal schwer für mich, es zu glauben. Ich hoffe, dieses unsichere Gefühl verfliegt irgendwann."

Sasha tätschelte ihren Arm. „Das wird es, ich weiß es einfach. Du verdienst etwas Glück, Dawn. Hör auf, Ausreden dafür zu suchen, dass du es nicht tust."

Als sie in die braunen Augen ihrer Freundin – ihrer besten Freundin, wirklich – starrte, hielt sie sich nicht zurück. „Ich weiß. Obwohl, sobald ihre Tante väterlicherseits erfährt, was passiert ist, wird mein Happy End vielleicht nicht ganz perfekt sein. Ich bin fast sicher, dass sie ihren Argwohn gegenüber Drachen noch lauter äußern wird – vielleicht sogar gegenüber Daisy. Da sie jedoch die einzige Familie ist, die Daisy von der Seite ihres Vaters kennt, will ich sie nicht einfach aus Daisys Leben ausschließen. Ich bin mir nicht sicher, was ich tun soll."

Sasha winkte abweisend mit der Hand. „Wenn sie Angst vor Drachenwandlern hat, ist das ihr

Problem. Außerdem, wenn Daisy ihre Tante nicht überzeugen kann, ihre Meinung zu ändern, könnte das niemand. Es wird der Verlust der Tante sein, nicht Daisys." Sie deutete zur Tür. „Aber genug von einer entfernten Verwandten in irgendeiner Stadt. Ich höre, dass Bram gerade allen sagt, sie sollen sich aufstellen, was unser Stichwort ist. Bereit zu gehen?"

Sie holte tief Luft, nickte, und sie gingen aus dem Raum zum Seiteneingang der großen Halle. Es war Zeit, ihre zweite Chance auf eine Familie offiziell zu machen.

BLAKE STAND im Türrahmen links vom Podium in der großen Halle und wartete auf sein Signal, auf die Bühne zu gehen.

Sein Blick überprüfte ständig, ob Daisy noch im Raum war, aber sie hatte Freddies Seite nicht verlassen, seit sie angekommen waren.

Sein Drache meldete sich zu Wort. *Sie würde das hier nicht verpassen wollen. Das ist ihre erste Drachen-Paarungszeremonie.*

Ich will das ja glauben, aber sie ist berüchtigt dafür, sich wegzuschleichen, wenn niemand hinsieht.

Nun, jetzt hat sie uns und Dawn – ganz zu schweigen von fast dem ganzen Clan –, die sie im Auge behalten. Früher war sie nur eine Besucherin, aber jetzt nicht mehr. Stonefire wird nicht zulassen, dass ihr etwas passiert.

Er wollte gerade sagen, dass das vielleicht nicht

reichte, als Dawn auf der gegenüberliegenden Seite des Podiums auftauchte, und alle Gedanken, die nichts mit seiner Menschenfrau zu tun hatten, flohen aus seinem Kopf.

Sie trug die dunkelrote Farbe von Stonefire, ihr Kleid war über einer Schulter befestigt und floss ihren Körper hinab. Auch wenn es nicht figurbetont war, knurrten sowohl Mann als auch Tier innerlich darüber, wie enthüllend es sein konnte und die Kurven ihres Körpers zur Geltung brachte.

Dann begegnete Dawn seinem Blick, lächelte, und seine Füße bewegten sich wie von selbst auf sie zu. Sie trafen sich in der Mitte des Podiums, direkt vor einem hohen Tisch mit einer Schachtel, in der ihre Paarungsarmbänder lagen, und er nahm ihre Hand. Er murmelte: „Du siehst wunderschön aus."

Wenn auch nicht so stark wie während ihres Rausches, färbten sich ihre Wangen rosa. „Du siehst auch nicht schlecht aus."

Er widerstand dem Drang, die Schärpe über seiner nackten Brust zurechtzurücken. Sein Drache flüsterte: *Denk dran, Menschen laufen so weit hier oben im Norden nicht oft halb nackt herum.*

Er ignorierte seinen Drachen und küsste Dawns Handrücken, kurz bevor Brams Stimme durch die große Halle dröhnte. Alle verstummten, als er sagte: „Heute feiern wir ein wirklich besonderes Ereignis. Immerhin ist es lange her, seit Stonefire ein Mutter-Tochter-Paar im Clan willkommen geheißen hat. Ich hoffe, dass jeder Dawn und Daisy hilft, sich einzuleben, und daran denkt, dass sie ab heute zu unserem Clan gehören."

Es gab ein paar Klatscher und einen Pfiff von irgendwoher. Dennoch wandte Blake nicht den Blick von Dawns Augen.

Normalerweise wurden Paarungszeremonien nur zwischen zwei Personen abgehalten, aber alle hatten es für eine gute Idee gehalten, Bram in diesem Fall helfen zu lassen. So würde der Clan verstehen, dass Daisy zwar ein Menschenkind sein mochte, aber jetzt Teil von Stonefire war, mit der vollen Unterstützung des Clanführers.

Bram deutete auf Blake und Dawn. „Und jetzt werden wir unsere Zeremonie abhalten. Angesichts der vielen, die wir in den letzten Jahren hatten, hoffe ich, ihr könnt noch eine weitere genießen, ohne allzu gelangweilt zu sein."

Es gab ein bisschen Kichern aus der Menge, denn es stimmte. Blake hatte den Überblick verloren, wie viele Paarungszeremonien er in den letzten zwei oder drei Jahren hatte besuchen müssen.

Sein Drache schnaubte. *Das spielt jetzt keine Rolle. Fang an mit der Zeremonie. Ich will Dawn als unsere Gefährtin. Jetzt.*

Da Blake genauso eifrig war, wartete er, bis Bram die Stufen hinabgestiegen war, bevor er zuerst sprach. „Dawn Chadwick, unser Anfang war zufällig und eine Überraschung. Doch dass du zugestimmt hast, meine Gefährtin zu sein, ist das Beste, was mir je passiert ist. Ich dachte immer,

Isolation würde mich glücklich machen. Mir war nicht klar, dass ich mich vor allem versteckt habe – bis die richtige Frau gekommen ist und mir die Augen geöffnet hat. Aber nicht mehr. Mit dir an meiner Seite kann ich mich allem stellen. Und während das Elternsein ganz neu für mich sein wird, hoffe ich, dass ich dir auch mit Daisy helfen und ihr alles erzählen kann, was sie über Drachenwandler wissen will. Ich liebe dich, Dawn. Wirst du meinen Gefährtenanspruch akzeptieren?"

Blake hatte hin und her überlegt, „Ich liebe dich" zu sagen, aber er meinte es und wollte es bei einer so wichtigen Gelegenheit nicht auslassen.

Dawn antwortete: „Das tue ich."

Er atmete fast erleichtert auf, als sie antwortete. Er nahm das silberne Armband mit seinem Namen in der alten Sprache und schob es um ihren Oberarm.

Sie lächelte ihn an und sagte: „Blake Whitby, du hast recht – unser Anfang war ein wenig überraschend. Doch ich bin froh, dass es passiert ist. Du bist klug, freundlich und ein sehr liebevoller Mann. Auch wenn ich weiß, dass unsere Zukunft gerade erst beginnt, glaube ich wirklich, dass es eine gute sein wird. Ich empfinde schon so viel für dich und kann es kaum erwarten, den Rest unserer Geschichte in den kommenden Jahren zu schreiben. Wirst du meinen Gefährtenanspruch akzeptieren?"

Er verbarg seine Enttäuschung über ihre fehlende Liebeserklärung, respektierte sie aber dafür, dass sie sich selbst treu blieb. Es machte ihn nur entschlossener, ihr Herz ganz zu gewinnen.

„Das tue ich", erklärte er und bot ihr den Bizeps ohne sein Drachenwandler-Tattoo. Als sie das kühle Metall um seinen Arm schob, konnte er seinen Blick nicht von Dawns lösen. Sobald das Band an Ort und Stelle war, zog er sie an sich, berührte ihre Wange und flüsterte nur für ihre Ohren: „Du bist jetzt die meine, Menschenfrau", und küsste sie.

Er hörte kaum die Jubelrufe, während er Dawns Mund erkundete und sich an dem Gefühl ihres Körpers an seinem erfreute.

Sie zog sich schließlich zurück und murmelte: „Ich bin sicher, Daisy wird jetzt ein paar Fragen dazu haben."

Er grinste. „Gut."

Und während er seine Gefährtin die Treppe hinunter zu Parkett führte, wo sich die Clanmitglieder bereits aufreihten, um ihnen zu gratulieren, dachte er nicht zweimal an die Menge von Leuten. Mit seiner Gefährtin an seiner Seite und seiner neuen Tochter, die auf sie zu rannte, fühlte Blake, alles bewältigen zu können.

Komisch, wie vollkommen es seine Welt verändert hatte, seine wahre Gefährtin gefunden zu haben.

Kapitel Vierzehn

Zwei Tage später starrte Blake aus dem Autofenster, als Dawn von der Autobahn in einen Stadtteil von Manchester abbog.

Seit sie Stonefire verlassen hatten, hatte er beobachtet, wie Dörfer, Kleinstädte und Städte immer größer wurden, je näher sie dem großen Ballungsgebiet kamen.

Doch als seine Gefährtin die Straße durch einen dicht bebauten Stadtteil fuhr, fragte er sich, wie Menschen so leben konnten.

Sein Drache meldete sich zu Wort. *Menschen brauchen keine Flächen, um zu wandeln oder zu fliegen. Sie können hier viele Leute unterbringen. Außerdem ist es besser, als es früher war.*

Blake war kein Geschichtslehrer, aber selbst er wusste, dass die Industrielle Revolution Manchester und die umliegenden Gebiete mit Fabriken und allerlei neuen Gebäuden drastisch verändert hatte. Ganz zu schweigen davon, dass die

Lebensbedingungen der Armen damals jenseits seines Verständnisses gewesen waren, und das Wort „schlecht" nicht ansatzweise reichte, um das Elend zu beschreiben. *Nun, ich bin einfach froh, dass ich nicht hier leben muss. Ich kann schon ein halbes Dutzend Gespräche durch das Autofenster hören. Ganz zu schweigen von Gerüchen, an die ich nicht einmal denken will.*

Sein Drache schnaubte. *Ich bin sicher, wenn Zehntausende von Studenten im Sommer nach Hause fahren, wird es viel besser riechen.*

Bevor er diesen Punkt diskutieren konnte, musste Daisy aus ihrem Nickerchen aufgewacht sein, denn sie rief: „Schau! Da ist meine alte Schule! Wir sind fast bei unserer Wohnung, Blake."

Das Schulgebäude war nichts Besonderes, obwohl – um ehrlich zu sein – Blake Dingen wie Architektur nicht viel Beachtung schenkte. Mehr interessierte ihn, welche Materialien verbaut worden waren.

Dawn parkte bald auf der Straße vor einem zweistöckigen Haus, als Daisy rief: „Wir sind da!"

Es sah wie ein Haus aus, nicht wie eine Wohnung. „Es ist größer, als ich dachte."

Dawn lächelte und erklärte: „Es ist in vier Wohnungen aufgeteilt. Zum Glück konnte ich eine im Erdgeschoss bekommen, damit ich Daisy nicht dauernd ermahnen musste, leise zu sein."

Menschen mochten es wirklich, eng beieinander zu leben. Vier Drachenwandler, geschweige denn Familien, in so engen Quartieren unterzubringen, würde bald alle verrückt machen.

Sein Tier sagte: *Denk dran, Menschen hören oder riechen nicht so gut wie wir. Also würde es sie nicht stören.*

Ich schätze schon. Ich bin wohl einfach an mehr Platz gewöhnt, da alle Drachenclans so viel davon bieten.

Noch dazu hatte Blake jahrelang sogar von den meisten Mitgliedern seines eigenen Clans getrennt gelebt.

Dawns Stimme unterbrach das Gespräch mit seinem Drachen. „Sieht so aus, als hätten auch Jane und Rafe es mit dem Transporter hergeschafft."

Das menschliche Geschwisterpaar hatte sich freiwillig gemeldet, beim Umzug zu helfen. Schließlich bedeutete es viel weniger Papierkram, wenn Menschen in die Stadt fuhren.

Daisy fragte: „Kann ich jetzt aussteigen, Mum? Ich will Blake unsere alte Wohnung zeigen und ihm all die wirklich guten Geschichten erzählen."

Dawn lächelte ihn an. „Das liegt bei Blake."

„Oh, Blake, können wir jetzt reingehen? Bitte?"

Er drehte sich auf seinem Sitz halb um und lächelte. Eines Tages musste er lernen, Nein zu Daisy zu sagen, aber heute war nicht dieser Tag. Er versuchte immer noch, sich bei ihr beliebt zu machen. „In Ordnung, aber kein Rennen oder Schreien, okay?"

„Okay. Gehen wir!"

Sie stieg aus dem Wagen und öffnete seine Tür, bevor er blinzeln konnte. Dawn reichte ihm schnell einen Schlüsselbund, küsste seine Wange und murmelte: „Viel Spaß!"

Daisy nahm seine Hand. „Komm, Blake. Beeil

dich. Ich will dir alles zeigen, bevor es eingepackt wird."

Da er nicht die Aufmerksamkeit der Nachbarn auf sich ziehen wollte, auch wenn es mitten am Tag unter der Woche war, löste Blake seinen Sicherheitsgurt und folgte Daisy zur Tür. Ihre Stimme war fast auf normalem Niveau, als sie erklärte: „Es gibt zwei Türen. Eine Außentür und eine Innentür. Ich kann das für dich machen, Blake. Gib mir die Schlüssel."

Das tat er und beobachtete, wie sie schnell die Tür öffnete. Drinnen roch es nach Staub und Menschen.

Aber Daisy ging schnell zu einer Tür auf der rechten Seite und öffnete sie mit einem anderen Schlüssel. Sie bedeutete ihm, ihr zu folgen. „Hier rein, Blake. Komm schon."

Die Zimmerdecke über ihm knarrte, was bedeutete, dass jemand zu Hause war. Da er nicht herausfinden wollte, ob sie Drachenwandler tolerierten oder nicht, ging er durch dieselbe Tür, durch die Daisy gegangen war. Sobald er drinnen war, war er in eine Mischung aus Dawns und Daisys Duft gehüllt, zusammen mit etwas leicht Blumigem.

Daisy nahm seine Hand und zog daran. „Lass uns in der Küche anfangen. Du wirst sehen, wie viel kleiner sie ist, obwohl der Tisch die perfekte Größe für mich und Mum hatte."

Während Daisy auf jedes kleine Ding in der Küche hinwies, nahm Blake das Geschirr auf dem Abtropfgestell, das Handtuch an der Ofentür und die anderen kleinen Details wahr, die ihm zeigten, dass Dawn wirklich ohne Vorwarnung aus ihrem Leben gerissen worden war.

Vielleicht hätte er sich in der ersten Nacht nach dem Kuss schuldig gefühlt, wenn er das alles gesehen hätte. Aber jetzt gehörten Dawn und Daisy zu ihm. Er würde immer dafür sorgen, dass Daisy genug Platz zum Tanzen hatte, wo immer sie wollte, und dass Dawn ihren eigenen Schreibtisch zum Zeichnen hatte, sobald sich eine Gelegenheit bot.

Sein Drache grunzte. *Natürlich. Sie sind jetzt unsere Familie, die wir schützen und versorgen müssen.*

Daisy hatte gerade eine Geschichte über eine Tasse erzählt, die ihre Mutter ihr in einem kleinen Laden in Inverness gekauft hatte, als Dawn, Rafe und Jane ebenfalls die Wohnung betraten. Er stürzte sich auf die erstbeste Gelegenheit und sagte zu Daisy: „In Ordnung, bevor wir die Tour fortsetzen, lass uns sehen, was getan werden muss, okay? Deine Mutter kann nicht die ganze Arbeit machen."

Sie richtete sich etwas höher auf und nickte. „Ich weiß. Ich bin jetzt alt genug, um zu helfen. Also lass uns sehen, was sie erledigt haben will."

Daisy rannte zurück ins Wohnzimmer. Blake folgte ihr und trat sofort an Dawns Seite.

Doch es war Jane Hartley – eine Menschenfrau, die mit dem Drachenwandler Kai verpaart war –, die sprach. „Also, sag uns, was du brauchst, Dawn. Ich werde sicherstellen, dass mein Bruder es nicht zu langsam angehen lässt."

Rafe Hartley runzelte die Stirn. „Du warst als

Kind immer diejenige, die Wege gefunden hat, um im Haushalt nicht helfen zu müssen, nicht ich."

Jane hob die Brauen. „Ich habe Mum und Dad auf andere Weise geholfen."

Rafe verdrehte die Augen und fragte: „Und was? Mit Charme und der Fähigkeit, sie abzulenken, während ich die ganze Arbeit gemacht habe?"

Jane zuckte mit den Schultern. „Hey, es ist nicht meine Schuld, dass du nicht zuerst darauf gekommen bist."

Er wusste, dass die Geschwister eine Weile streiten konnten, also sprang Blake dazwischen. „Alles, was zählt, ist, dass wir heute *alle* helfen. Sonst kommen wir vielleicht erst morgen zurück nach Stonefire."

Dawn meldete sich zu Wort. „Keine Sorge, es gibt nicht viel zu packen. Die Möbel bleiben fast alle hier. Eine ehemalige Kollegin von meinem alten Job wird sie für ihre Nichte abholen. Also, wir werden das Packen folgendermaßen aufteilen."

Während Dawn Anweisungen gab, war Blake erstaunt, dass Rafe und Jane nur nickten und zu ihren jeweiligen Aufgaben gingen. Er flüsterte nur für ihre Ohren: „Das Paar ist so stur und willensstark wie Drachenwandler, also denke ich, solltest du keine Probleme mit echten Drachen haben, Dawn. Es ist fast, als wüsstest du, wie man Dominanz in die Stimme legt."

Sie lächelte. „Ich bin nur eine Mutter, nichts weiter."

Er wollte seine Gefährtin küssen und ihr sagen, dass sie so viel mehr war, aber Daisy zupfte an seinem Hemd und fragte: „Willst du mir nicht mit meinem Zimmer helfen, Blake? Ich habe meinen Rundgang noch gar nicht beendet, und ich will dir ein paar Dinge zeigen, bevor wir sie einpacken. Ich habe einige wirklich tolle Drachenbilder und ein paar Bücher, die ihr nicht für mich gekauft habt. Ganz zu schweigen von meinen eigenen kleinen Drachenerfindungen. Ich meine, wäre es nicht super, vier Flügel statt zwei zu haben? Oder stell dir vor, wenn du Feuer spucken könntest!"

Er vermutete, dass für eine Weile nicht an Packen zu denken wäre, wenn es nach Daisy ging.

Dawn murmelte: „Geh ruhig. Sie will dir nur von ihrem Leben erzählen."

Nach einem Nicken küsste er sie kurz, bevor er Daisy in ihr Kinderzimmer folgte.

Und die nächsten dreißig Minuten, wie er vorhergesagt hatte, wurde nichts gepackt. Doch er erfuhr mehr über Daisy und wurde ein wenig zuversichtlicher, dass er ihr Stiefvater sein könnte, ohne zu viele Fehler dabei zu machen. Besonders, als er sie sanft zum Packen anstieß, und sie tatsächlich auf ihn hörte.

Sein Crashkurs im Vatersein lief besser, als er je für möglich gehalten hätte. Vielleicht wäre er bereit, wenn sein Baby geboren wurde.

Sein Drache schnaubte. *Babys sind anders. Selbst ich weiß das.*

Blake ignorierte seinen Drachen, konzentrierte

sich auf das Positive und half Daisy mit allem, was sie brauchte.

DAWN BEOBACHTETE Blake und Daisy ein paar Minuten von der Tür aus; es gefiel ihr, wie geduldig Blake bei all ihren Geschichten war.

Ihrer Erfahrung nach suchten die meisten Erwachsenen Ausreden, um von ihrer Tochter wegzukommen. Aber Blake gab sich Mühe, und das bedeutete ihr die Welt.

Doch als Daisy sie entdeckte und fragte, ob ihr Zimmer schon fertig sei, ging Dawn in ihr altes Schlafzimmer und setzte sich eine Sekunde aufs Bett, um ihr nun altes Leben zu betrachten.

Im Zimmer hingen hauptsächlich Zeichnungen von Daisy, Bilder von ihnen zusammen und ein paar Gemälde, die sie vor Jahren angefertigt hatte.

Obwohl es so lange nur sie und Daisy gewesen war, konnte sie sich leicht weitere Bilder von Blake mit ihnen dreien vorstellen. Und als sie ihre Hand über ihren Unterleib legte, lächelte sie. Bald würden sie zu viert sein.

Mit dem Wirbelwind an Aktivitäten vom Rausch über den MDA-Papierkram bis hin zur Paarungszeremonie hatte Dawn selten einen Moment gehabt, um über ihre Lebensveränderung nachzudenken. Und doch störte es sie nicht. Obwohl sie ihr ganzes Leben in einer Stadt verbracht hatte, vermisste sie bereits Stonefire und die umliegenden Seen und Hügel.

Was sie daran erinnerte, dass sie anfangen musste zu packen, oder wer weiß, wann sie zu ihrem neuen Zuhause zurückkehren konnten.

Dawn wusste nicht, wie lange sie daran gearbeitet hatte, ihre Sachen zu packen, als Blake den Raum betrat und sie sofort an sich zog. Er küsste ihren Hals und murmelte: „Du solltest eine Pause machen."

Sie lehnte sich an seine breite Brust und lächelte. „Du machst dir zu viele Sorgen. Wie ich dir schon gesagt habe, war die Schwangerschaft und das Austragen selbst nie das Problem für mich, nur das Empfangen."

Er schmiegte seine Wange an ihre. „Trotzdem will ich kein Risiko eingehen."

Sie drehte sich in seinen Armen, bis sie ihre um seinen Hals legen konnte. „Ich kann nicht neun Monate lang auf einem Kissen sitzen, Blake. Wenn Dr. Sid es mir sagt, dann werde ich auf sie hören. Aber ihr Drachenmänner habt den Ruf, überfürsorglich zu sein, und laut Evie ist es meine Aufgabe als deine Gefährtin, dich auf dem Teppich zu halten."

Er grunzte. „Frag Evie, wie gut das bei ihr mit Bram funktioniert hat."

Sie hob eine Augenbraue. „Nun, das ist eine neue Seite an dir."

Er berührte ihre Wange, und sie konnte kaum widerstehen, sich in seine Berührung zu lehnen.

„Du, Daisy und das Baby bedeutet mir schon so viel, Dawn. Ich will euch immer beschützen."

Als sie in Blakes haselnussbraune Augen starrte, stellte es etwas mit ihrem Herzen an. Er war solch ein Kontrast zu der mangelnden Hilfsbereitschaft ihres ersten Mannes, dass es ihr immer noch schwerfiel zu glauben, dass sie einen so liebevollen, freundlichen Mann ergattert hatte.

Während sie ihn tief im Inneren liebte, hatte sie Angst, es auszusprechen und alles zu verderben. Auch wenn es unfair schien, da sie wusste, dass Blake sie bereits liebte, brauchte Dawn noch ein wenig länger, um sich zu überzeugen, dass es nicht alles nur ein Traum war, der ihr bei der ersten Gelegenheit entrissen werden würde.

Sie küsste ihn sanft und sagte: „Wie wäre es, wenn wir gemeinsam einander und unsere Familie beschützen? Das klingt nach einer viel besseren Idee, findest du nicht?"

Seine Pupillen blitzten – ein Anblick, der ihr jetzt liebenswert erschien –, bevor er antwortete: „Ich schätze schon. Meinem Drachen gefällt das nicht, aber er ist bereit, es zu versuchen."

Sie biss sich auf die Lippe, um nicht über das Bild von Blakes Drachen zu lachen, der schmollte. Die Drachen der Mythen waren immer so majestätisch, egoistisch und arrogant. Aber in Wirklichkeit waren sie gar nicht so anders als Menschen. Ein wenig instinktiver und überfürsorglich, ja. Aber auch facettenreich. „Gut. Dann verspreche ich, ehrlich über meine

Gesundheit zu sein, solange du mich nicht wie ein zerbrechliches Stück Porzellan behandelst. Abgemacht?"

Er grunzte. „Zum größten Teil. Denk nur dran, ich kann hören, wenn dein Magen auch nur ein wenig knurrt, also werde ich dich ständig ans Essen erinnern. Ein Drachenwandler-Kind zu tragen ist nicht ganz dasselbe wie ein menschliches."

Eine Tatsache, die Dawn nur allzu schnell lernte. „„Angesichts der Tatsache, dass ich dreimal so viel esse, bin ich überrascht, dass ich noch nicht sechs Kilo zugenommen habe."

„Du könntest sechzig zunehmen, und es wäre mir egal. Du wärst immer noch meine Gefährtin, und nur meine."

Sie wollte ihn gerade dafür küssen, als Daisys Stimme die Luft erfüllte. „Ich dachte, wir haben keine Zeit zum Spielen? Denn wenn doch, soll Blake mir dieses Drachenwandler-Kartenspiel beibringen. Das mit den kämpfenden Drachenwandlern."

Da Dawn von Daisy abgewandt dastand, schmunzelte sie und hob die Brauen, um Blake zu signalisieren, dass er das übernehmen sollte.

Er räusperte sich. „Es stimmt, wir haben jetzt keine Zeit zum Spielen. Ich habe nur sichergestellt, dass deine Mutter nicht zu müde ist."

„Wie das denn? Ich dachte nicht, dass Umarmungen oder Küsse dir dabei helfen könnten, das herauszufinden. Gibt es einen geheimen Trick, den mir niemand beigebracht hat? Weil ich den eines Tages vielleicht brauche."

Dawn biss sich noch fester auf die Lippe. Blakes Pupillen blitzten ein paar Mal, bevor er antwortete: „Eine Umarmung kann einem oft ein gutes Gefühl geben, was hilfreich ist, selbst wenn man müde ist. Da ist kein Trick dabei."

„Dann lass mich ihr auch helfen!"

Daisy rannte auf sie zu und zwängte sich an ihre Seite. Sowohl Blake als auch Dawn schlossen Daisy in ihre Dreier-Umarmung ein. Daisy schloss die Augen und drückte beide ganz fest.

Dawn begegnete Blakes Blick, und sie lächelten einander an. In diesem Moment sagte ihr Bauchgefühl, dass sie eine gute Familie abgeben würden, eine, die Daisy so lange verdient hatte.

Sobald es ihr gelang – nach einer der längsten Gruppenumarmungen ihres Lebens –, brachte Dawn alle wieder an die Arbeit. Je schneller sie ihr altes Leben einpackten, desto schneller konnten sie ihr neues wirklich beginnen.

Kapitel Fünfzehn

E ine Woche später stand Blake am Herd und rührte gedankenverloren in seiner Sauce, während Daisy am Tisch ihre Hausaufgaben machte.

Dawn arbeitete etwas länger bei ihrem neuen Job als Assistentin der Büroleitung bei den Beschützern, aber Blake machte es nichts aus, auf Daisy aufzupassen. Sie hatte in den letzten Tagen viele zusätzliche Hausaufgaben bekommen, da die Lehrer versuchten, sie auf das Niveau der anderen Drachenschüler zu bringen. Und Blake mochte es insgeheim, seiner neuen Tochter alles über seine Art beizubringen.

Während Daisy in Menschenkunde weit voraus war, hatte sie noch viel zu tun, bevor sie in Drachenwandler-Geschichte, innerer Drachenkunde und Drachentraditionen wie Tanzen und Zeremonien mithalten konnte.

Sein Drache meldete sich zu Wort. *Ich verstehe immer noch nicht, warum sie über innere Drachen lernt. Ich wünschte, sie könnte ihren eigenen haben, aber das kann sie nicht.*

Sie mag keinen eigenen haben, aber sie muss verstehen, wie innere Drachen funktionieren, oder sie wird hier nie wirklich dazugehören.

Vielleicht.

Daisys Stimme hinderte Blake daran, seinem Tier zu antworten. „Ich brauche deine Hilfe, Blake. Diese Sache mit der inneren Drachenhöhle ist verwirrend. Wie kann sich dein Drache jahrelang in deinem eigenen Geist vor dir verstecken? Ich versteh' das nicht."

Er drehte die Temperatur am Herd herunter, legte den Deckel auf den Topf und setzte sich neben Daisy. Gerade als er fragen wollte, welchen Teil sie nicht verstand, kam Dawn in den Raum gestürmt. Ein Blick auf ihre geweiteten Augen, und er wusste sofort, dass etwas nicht stimmte.

Er trat an ihre Seite und bat: „Sag mir, was passiert ist, Dawn."

Sie reichte ihm ein Stück Papier. Als er den Briefkopf des Ministeriums für Drachenangelegenheiten sah, überkam ihn ein ungutes Gefühl. Da es so schneller ging, las er selbst den ersten Absatz:

„Hiermit werden Sie offiziell aufgefordert, vor einem MDA-Richter zu erscheinen, um das Sorgerecht für Ihre Tochter, Daisy Chadwick, zu klären. Uns liegt der Antrag einer

Blutsverwandten vor, die Betreuung zu übernehmen. Anbei eine detailliertere Erklärung sowie die Kopie der eingereichten Erklärung der Verwandten."

Jemand hatte einen Antrag gestellt, um Daisy wegzunehmen? Er murmelte: „Wer zum Teufel würde das tun?"

Bevor er durch die Papiere blättern konnte, drückte Dawn seinen Bizeps, blickte aber zu Daisy. „Kannst du deine Hausaufgaben oben fertig machen, Liebes? Ich muss etwas mit Blake besprechen."

Daisy sah zwischen ihnen hin und her. Selbst Blake konnte sehen, dass sie wissen wollte, was los war, aber sie hatten mit ihr an dem Thema Privatsphäre gearbeitet. Nicht nur für sie beide, sondern auch für Daisy.

Mit einem Seufzer nahm sie ihr Buch und den Ordner. „Na gut, ich gehe nach oben. Aber nur für eine Weile. Ich brauche wirklich Blakes Hilfe bei meinen Hausaufgaben."

Er nickte. „Ich helfe dir, sobald ich kann, Daisy. Versprochen."

Mit einem weiteren, noch übertriebeneren Seufzer verließ Daisy den Raum und trottete die Treppe hinauf. Erst als er hörte, wie sie in ihr Zimmer ging und die Tür schloss, konzentrierte er sich wieder auf Dawn. „Ich habe nur den Anfang gelesen. Aber wer versucht denn, Daisy zu beanspruchen? Ich dachte, ihr Vater ist in Australien."

„Ist er. Es ist nicht er, der Daisy beansprucht, sondern seine Schwester, Susan."

Richtig, Susan Miller – die Tante, die in Liverpool lebt.

Sein Drache knurrte. *Sie kann Daisy nicht haben. Sie gehört zu uns. Sie ist jetzt Teil unserer Familie.*

Ich weiß, Drache. Aber wir müssen vorsichtig sein und es auf die menschliche Weise machen. Sonst könnte das MDA sie wegnehmen.

Sein Tier grummelte und rollte sich in seinem Geist zusammen, ein Zeichen für Blake, sich um die menschlichen Dinge zu kümmern, die erledigt werden mussten.

Er führte Dawn zu einem Stuhl und stellte sicher, dass sie sich setzte, bevor er es tat. „Ich dachte gar nicht, dass Daisy und ihre Tante sich so nahestehen."

Sie schüttelte den Kopf. „Tun sie nicht. Sie sehen einander normalerweise nur an wichtigen Feiertagen. Aber ich glaube, ich habe erwähnt, wie sehr Susan Drachen misstraut, nicht wahr?" Er nickte, erinnerte sich vage an ein Gespräch. Sie fuhr fort: „Nun, anscheinend glaubt sie, dass es Daisys Wohlergehen schadet, hier zu leben. Zumindest versucht ihr Brief, das zu behaupten." Sie sah ihm in die Augen. „Bei allem, was passiert ist, hatte ich wirklich keine Gelegenheit, das alles zu recherchieren. Aber es ist doch schon mal vorgekommen, oder? Dass ein Menschenkind zu einem Drachenclan gezogen ist?"

Was würde er nicht dafür geben, die Antworten

zu haben, die sie hören wollte. „Ich weiß es ehrlich gesagt nicht. Ich vermute, ja, aber wir müssen mit Evie und ihrer Freundin Alice sprechen." Er erklärte schnell, dass Alice Darby mehr über Drachenwandler und alles, was mit ihnen zu tun hatte, wusste als fast jeder andere. Er fuhr fort: „Aber selbst, ohne mit ihnen zu sprechen, sollst du wissen: Wir werden dagegen kämpfen – und wir werden gewinnen, Dawn. Daisy gehört hierher zu dir."

Sie legte eine Hand an seine Wange. „Zu uns – und zu ganz Stonefire. Es ging ihr noch nie so gut, Blake. Sie ist weniger abgelenkt, konzentriert sich länger als normal, und sie war nicht einmal viel in Schwierigkeiten." Er bemerkte Tränen in Dawns Augen. „Ich darf sie nicht verlieren, Blake. Ich darf einfach nicht."

Er zog sie eng an seine Brust und hielt seine Gefährtin. „Du wirst sie nicht verlieren, Liebes. Ich verspreche, ich werde alles Erforderliche tun, um diesen Kampf zu gewinnen."

Und für ein paar lange Augenblicke blieben sie so – still und in den Armen des anderen, als wäre es das Einzige, das die Welt zusammenhielt.

Dann zwang sich Blake schließlich, seine Gefährtin lange genug loszulassen, um Bram anzurufen und alles mit Evie und Alice zu organisieren.

Es schien, als wäre sein Leben mit Dawn und Daisy bisher zu einfach gewesen. Wenn er eine Zukunft mit ihnen wollte, musste er darum

kämpfen. Und Blake war mehr als bereit für die
Herausforderung.

FAST ZWEI STUNDEN, nachdem sie Blake die
Neuigkeiten mitgeteilt hatte, saß Dawn mit ihm in
einem Besprechungsraum im Erdgeschoss des
Hauptgebäudes der Beschützer und wartete auf die
Ankunft von Bram und den anderen.

Da sie vorhin, als sie mit Blake allein gewesen
war, kurz geweint hatte, hatte das geholfen, ihren
Kopf etwas zu klären. Der Schock der Nachricht
hatte Dawn die Tatsache vergessen lassen, dass sie
Daisy jahrelang allein großgezogen und versorgt
hatte. Daisy war Dawns Tochter, und niemandes
sonst. Niemand würde sie ihr wegnehmen, selbst
wenn es alles kostete, was sie hatte, um sie zu
behalten.

Blake drückte ihre Hand, und sie sah ihm in die
Augen. Sein beruhigender, liebevoller Blick half ihr,
ihre Ängste weiter zu verdrängen.

Ihr Drachenmann war freundlich, klug und ging
besser mit Daisy um, als sie gehofft hatte. Nahm
man sein sexy Aussehen und wie gut er darin war,
Orgasmen aus ihr herauszuwringen, hinzu, war es
kein Wunder, dass Dawn den Mann liebte.

Nicht, dass sie eine Gelegenheit gehabt hatte,
ihm das zu sagen. Doch sobald die Sorgerechtsfrage
geklärt war, würde sie es tun.

Die Tür öffnete sich, und herein kamen Bram,

Evie und eine Frau mit dunklen Haaren, deren Spitzen blau gefärbt waren, und die wohl Alice Darby, Evies Freundin, sein musste.

Sie setzten sich alle ihnen gegenüber. Es war Bram, der zuerst sprach. „Entschuldigung, dass wir zu spät sind. Wir mussten ein paar Dinge herausfinden, bevor wir hierherkommen konnten." Er deutete auf die dunkelhaarige Frau. „Alice kann es besser erklären als ich. Also schnell, Alice, das sind Dawn und Blake. Dawn und Blake, das ist Alice. Okay, jetzt lasst uns zur Sache kommen."

Alice stützte ihre Arme auf den Tisch und sprach, ihr südenglischer Akzent ähnelte dem von Evie Marshall. „Also, lassen Sie mich ein paar Dinge klarstellen. Ihr Fall ist nicht der erste, Dawn. Es gab schon andere Menschen, die mit ihrem menschlichen Kind auf Drachenland gezogen sind. Allerdings ist es über drei Jahrzehnte her, seit es das letzte Mal in England vorgekommen ist."

Sie zwang ihre Stimme, stark zu sein, als sie fragte: „Und was ist passiert?"

Alice antwortete: „Die Frau und ihr Sohn durften in Skyhunter bleiben. Aber ich glaube an absolute Ehrlichkeit, also sage ich Ihnen, dass das MDA damals viel weniger organisiert war. Denken Sie daran, das Opferprogramm begann erst wirklich in den späten 1980ern und frühen 1990ern. Der Fall der Frau war kurz davor. Das MDA ist jetzt viel strenger, da Drachenwandler sowohl in den Nachrichten als auch im Vereinigten Königreich allgemein sichtbarer sind."

Sie dachte nicht, dass die Frau versuchte, sie zu deprimieren, sie wollte nur ehrliche Antworten geben. Also schob Dawn ihre Traurigkeit darüber beiseite, dass dies viel schwieriger sein könnte, als sie gedacht hatte. Sie sah nacheinander die drei Personen ihr gegenüber an. „Also, was tun wir?"

Evie antwortete: „Wir haben bereits alle notwendigen Formulare für Sie und Daisy eingereicht, damit Sie hierherziehen konnten, und sie wurden genehmigt, bevor diese Susan ihren Beschwerdeantrag eingereicht hat. Das spricht zu unseren Gunsten. Aber Sie müssen trotzdem an einer Anhörung teilnehmen mit Susan Miller, einem MDA-Gremium und Daisy. Die menschlichen Sozialdienste wollen das dem MDA überantworten, wahrscheinlich um jegliche Verbindung mit Drachen generell zu vermeiden. Sie werden jeweils Ihren Fall darlegen, und sie werden auch mit Daisy sprechen. Angesichts dessen, wie sehr Daisy es hier liebt, denke ich, dass sie Ihr größtes Kapital sein wird."

Sie nickte. „Wann wird es stattfinden?"

Bram meldete sich zu Wort. „In einer Woche. Dir wird gestattet, einen Anwalt zu hinzuzuziehen, der dir hilft, deinen Fall vorzulegen. Es gibt zwar nicht viele, die Drachenwandler vertreten, aber doch ein paar. Ich habe die Beste gerufen, dir zu helfen, und sie sollte morgen früh hier sein. Ihr Name ist Hayley Beckett. Ihr werdet sie um 8:00 Uhr treffen."

Das letzte Mal, dass Dawn mit einem Anwalt zu

tun gehabt hatte, war bei ihrer Scheidung gewesen. Warum schien es, als wären sie nur in den schlimmsten Zeiten nötig?

Blake meldete sich. „Was kann ich tun, um zu helfen? Oder muss ich warten, bis Miss Beckett ankommt?"

Bram antwortete: „Sie wird am besten wissen, was du tun kannst, aber du musst beweisen, dass du ein guter Vater für Daisy sein wirst. Es könnte also nicht schaden, alles zusammenzustellen, was das beweist – Finanzen, deine Arbeit, dazu Referenzen von Clanmitgliedern."

Blake nickte. „Ich fange sofort an, wenn wir hier fertig sind."

Als Dawn von Blake zu den anderen am Tisch blickte, spürte sie wieder den Drang zu weinen. Sie war kaum ein offizielles Clanmitglied, und sie waren alle so sehr bereit, ihr zu helfen. „Danke", krächzte sie.

Blake zog sie an seine Seite, während Bram abweisend mit der Hand winkte. „Stonefire kümmert sich um die Seinen – und dazu gehörst auch du. Das ist nichts Besonderes."

Oh doch, das war es, und Dawn wusste es. Doch sie nickte nur, da sie nicht genug Energie hatte, um über etwas so Triviales zu streiten, wenn sie in den kommenden Wochen Daisy für immer verlieren könnte.

Nein. Sie würde sie nicht gehen lassen. Mit allen hinter sich mussten sie gewinnen. Sie mussten einfach.

Und während Bram, Evie und Alice ein paar Dinge erklärten, die sie vor der Sorgerechtsanhörung wissen musste, nahm sie einfach Kraft aus Blakes Berührung und tat ihr Bestes, sich zusammenzureißen. Denn wenn sie mit Daisy über all das sprach, musste sie stark sein.

Kapitel Sechzehn

Am nächsten Morgen brachte Blake Dawn und Daisy zum Gebäude der Beschützer für ihr Treffen mit der Anwältin und tat sein Bestes, sich seine Mischung aus Wut und Unbehagen nicht anmerken zu lassen. Beide Frauen in seiner Familie brauchten Stärke – und die würde er zeigen.

Sein Drache meldete sich zu Wort. *Natürlich werden wir stark für sie sein. Jeder, der versucht, sie uns wegzunehmen, muss sich mir stellen.*

So sehr ich mir wünschte, du könntest einfach wandeln und die schreckliche Tante fressen – so läuft das heutzutage nicht mehr.

Sein Tier grunzte. *Früher war doch auch einiges besser. Obwohl ich die bessere Hygiene und die Tatsache bevorzuge, dass die Leute nicht ständig versuchen, uns für ihre Trophäensammlung zu jagen. Aber unsere Feinde fressen zu können, war vor Hunderten von Jahren schon nicht schlecht.*

Blake widerstand einem Seufzer und

konzentrierte sich darauf, Dawn und Daisy in das Gebäude und den Flur hinunterzuführen.

Sobald sie den richtigen Raum erreichten, sah er Dawn an und murmelte: „Bereit?" Sie nickte schwach, und er küsste schnell ihre Stirn. „Wir werden gewinnen, Dawn. Ich weiß, das werden wir."

Daisy musste ihn gehört haben, denn sie fragte: „Was passiert, wenn wir verlieren?"

Er antwortete: „Wir werden uns darauf konzentrieren, zu gewinnen. Das ist wichtiger."

„Okay." Daisy richtete sich gerader auf. „Dann lass uns einen Weg finden zu gewinnen."

Sie hatte die Neuigkeiten am Vorabend besser aufgenommen, als er erwartet hatte. Aber Dawn hatte erklärt, dass Daisy an Herausforderungen gewöhnt war, wegen ihrer Probleme in der Schule und erst vor Kurzem auch mit ihrer ehemaligen besten Freundin.

Wenn sie mit elf schon so belastbar war, konnte er sich nur vorstellen, wie sie als Erwachsene sein würde.

Dawn drückte die Klinke herunter, und sie betraten den Raum, wo die braunhaarige, blasse Hayley Beckett bereits am Tisch saß, mit verschiedenen Papierstapeln vor sich.

Ihr unordentlicher Dutt, die Brille und die verknöpfte Strickjacke schrien nicht gerade Top-Anwältin, aber Blake würde nicht nach dem Aussehen urteilen. Er wusste besser als die meisten, wie trügerisch äußere Eindrücke sein können.

Sie lächelte, stand auf und streckte ihnen die Hand entgegen. „Sie müssen Blake, Dawn und Daisy sein. Ich bin Hayley Beckett, aber bitte nennen Sie mich Hayley. Ich würde ja gern sagen, schön, Sie kennenzulernen, aber es ist nicht ganz der richtige Zeitpunkt. Also nehmen Sie Platz, und lassen Sie uns anfangen."

Hayley schüttelte Dawns Hand, dann Blakes und sogar Daisys.

Sobald sie alle saßen, fuhr Hayley fort: „Der Fall ist außergewöhnlich; so etwas ist in England seit Jahrzehnten nicht mehr vorgekommen. Wenn jedoch alles stimmt, was Bram mir erzählt hat, sprechen mehrere Punkte zu Ihren Gunsten. Also fangen wir mit den Grundlagen an und bauen den Fall auf, okay? Sie müssen mir alles über diese Frau erzählen, die die Beschwerde eingereicht hat, sowie darüber, was Sie getan haben, um Daisy hier einzugewöhnen."

Daisy ergriff das Wort, bevor Blake oder Dawn etwas sagen konnten. „Ich kann Ihnen ein paar Dinge sagen. Zum Beispiel das Zimmer, das sie für mich dekoriert haben. Da sind so viele Drachen, die ich liebe, obwohl ich immer noch mehr haben könnte. Ganz zu schweigen davon, dass mein neues Haus so nah an dem meines besten Freundes Freddie ist. Ich kann ihn jetzt die ganze Zeit sehen, das ging nicht, als wir in Manchester gelebt haben. Es ist toll! Es ist fast so, als wäre ich jetzt dauernd im Urlaub."

Blake hatte halb erwartet, dass Hayley lächeln

und Daisy sagen würde, sie solle ruhig sein. Stattdessen fragte die Menschenfrau Daisy: „Was gefällt dir noch an Stonefire? Was haben sie sonst für dich getan?"

„Es ist schwer, sich an alles zu erinnern! Ich habe jetzt so viele Bücher, neue, von denen ich nicht wusste, dass es sie gibt. Ich gehe auch in die Drachenschule und bin immer von Kindern mit blitzenden Drachenaugen umgeben. Die meisten lassen mich Fragen stellen. Nur ein paar nicht, aber das ist okay, weil nicht jeder mich mag."

Da sprang Blake ein. „Wer?"

Daisy zuckte mit den Schultern. „Hauptsächlich die älteren Kinder. Aber sie mögen all meine Fragen nicht, sagt Freddie. Er sagte, wenn ich warte und später Fragen stelle, oder vielleicht nur ab und zu, wären sie netter zu mir. Aber ich bin nicht gut darin, mich so zurückzuhalten. Ich bin einfach nur neugierig, besonders da ich nie einen inneren Drachen haben kann und so viele andere Drachenwandler fragen muss, wie ich kann. Weißt du, nur um sicherzugehen, dass ich weiß, wie alles funktioniert und so."

Und doch wollte Blake immer noch die älteren Kinder finden und mal ein Wörtchen mit ihnen reden.

Sein Drache seufzte. *Sie wird ihren Platz im Clan finden, wie wir alle. Während sie für einen Menschen ziemlich ‚alpha' ist, wird sie nie an der Spitze der Hierarchie stehen. Lass sie ihren Platz finden.*

Schätze, du hast recht.

Dennoch gefiel Blake nicht, dass Daisy nicht von allen akzeptiert wurde.

Hoffentlich konnte Dawn ihre Tochter überzeugen, solche Dinge nicht während ihrer Anhörung zu sagen. Er würde das später mit ihr besprechen müssen.

Im Augenblick konzentrierte er sich nur darauf, Hayleys Fragen zu beantworten und sich zu merken, worum sie sie bat.

Ihr Anhörungstermin käme schneller, als ihnen lieb war, und sie mussten so vorbereitet wie möglich sein.

Später in der Nacht, nachdem Daisy endlich eingeschlafen war, kuschelte sich Dawn neben Blake auf ihr Bett und legte den Kopf auf seine Schulter. Sie seufzte. „Dieses Warten auf die Anhörung macht mich fertig."

Er legte einen Arm um ihren Oberkörper und zog sie enger an sich. „Das gibt uns Zeit, uns vorzubereiten, Liebes. Ich weiß, wir sind in die Dinge mit der Paarung und dem Rausch hineingesprungen, aber das MDA ist schwieriger zufriedenzustellen als ein innerer Drache oder ein elfjähriges Mädchen."

Sie lächelte. „Ich schätze, das stimmt."

Während Blake mit seinem Daumen über ihren Oberarm strich, schmiegte sie sich enger an ihn. Nach so vielen Jahren, in denen sie gegen alles allein gekämpft hatte, war es tröstlich, jemanden zu haben, an den sie sich sowohl wörtlich als auch im übertragenen Sinne lehnen konnte.

Allein der Gedanke an alles, was Blake für sie und Daisy getan hatte, brachte die Gefühle hoch, die sie zu kontrollieren versucht hatte.

Es war Zeit, sich nicht mehr zu verstecken, und offen zu sein. Blake verdiente das von ihr.

Sie neigte ihren Kopf nach oben und begegnete seinem Blick. Sie sagte: „Ich liebe dich, Blake."

Sein Finger hielt eine Sekunde auf ihrem Arm inne, bevor er weitermachte. Dann berührte er ihre Wange mit seiner freien Hand. „Ich liebe dich auch, Dawn. Und irgendwann denke ich, muss ich mich bei Daisy dafür bedanken, dass sie uns nach dem Theaterstück zu dem Kuss gezwungen hat, oder ich hätte vielleicht nie erkannt, wie sehr ich dich in meinem Leben brauche."

Sie manövrierte sich herum, bis sie rittlings auf seinem Schoß saß und sein Gesicht zwischen ihren Händen hielt. Während sie die leichten Stoppeln streichelte, murmelte sie: „Vielleicht warten wir ein paar Jahre, bevor wir das tun, oder wir werden uns das ewig von Daisy anhören."

Er schmunzelte, was ihr Herz immer noch einen Schlag aussetzen ließ, obwohl sie es in letzter Zeit immer öfter gesehen hatte. „Sie schreibt sich den Verdienst dafür wahrscheinlich sowieso schon zu."

„Ja, aber lassen wir nicht zu, dass es ihr zu sehr zu Kopf steigt. Sie versucht jetzt schon, ihre ganze Klasse   aufzuwiegeln,   damit   sie   mehr

Wandelübungen haben, und alles nur, damit sie mehr Drachen aus der Nähe sehen kann."

Er lachte leise und küsste sie sanft. „Ich habe so das Gefühl, dass nur wenige Leute Nein zu ihr sagen werden, Liebes. Also gewöhn dich besser daran."

„Solange du – zumindest manchmal – Nein zu ihr sagen kannst, werden wir klarkommen."

Blake schob seine Finger in ihr Haar. „Zu ihr kann ich Nein sagen. Bei dir hingegen fällt es mir viel schwerer zu widerstehen."

Als seine Pupillen zwischen Schlitzen und der runden menschlichen Form blitzten, schoss eine leichte Hitze durch ihren Körper. Selbst mit der enormen Anhörung, die sich drohend über ihnen erhob, konnte Blake sie immer noch vorübergehend ihre Probleme vergessen lassen.

Und Dawn war bereit, für ein paar Stunden die Realität hinter sich zu lassen.

Also beugte sie sich vor, bis ihre Lippen nur einen Hauch von seinen entfernt waren, und sagte: „Dann muss ich diese Macht vielleicht nutzen. Denn im Moment könnte ich eine Ablenkung gebrauchen."

Seine Pupillen wechselten schneller, und seine Stimme war rau, als er antwortete: „Und ich habe gerade kein Verlangen, dir das zu verweigern."

Er nahm ihre Lippen in einem Kuss, bevor sie antworten konnte, seine Zunge drang in ihren Mund ein und erkundete ihn langsam.

Dawn streichelte ihn zurück, genoss es, wie er

eine Minute langsam und die nächste schnell sein konnte, und dass sie nie wusste, was Blake oder sein Drache tun würde.

In einem Wimpernschlag lag Dawn auf dem Rücken, mit Blake auf Händen und Knien über ihr, seine Pupillen blitzten immer noch. „Jetzt muss ich nur wissen, ob du es diesmal langsam oder schnell möchtest."

Sie wölbte ihren Rücken, begierig darauf, ihre Nippel an seiner Brust zu reiben. „Das ist mir egal. Berühr mich einfach, Blake. Ich brauche dich."

Ohne ein weiteres Wort zerriss er ihre Kleider – sie hatte keine Ahnung, warum sie sich überhaupt die Mühe machte, sie nachts anzuziehen –, und sie wartete, um zu sehen, was er tun würde.

Auch wenn Blake den Überblick darüber verloren hatte, wie oft er Dawn seit dem allerersten Mal beansprucht hatte, sehnte er sich immer nach mehr.

Es war schwer genug gewesen, sich daran zu gewöhnen, dass Daisy bei ihnen lebte – es erforderte, leiser zu sein, als ihm lieb war –, aber dann war ihnen der Sorgerechtsstreit aufgezwungen worden, und er hatte sich am Vorabend zurückgehalten, sie zu nehmen.

Daher hatte sich, als Dawn um eine Ablenkung bat, sein schlechtes Gewissen aufgelöst, und er riss ihr die Kleider herunter. Seine schöne Gefährtin lag nun nackt unter ihm, der Duft ihrer Erregung ließ seinen Schwanz steinhart werden.

Sein Drache knurrte. *Dann tu etwas dagegen. Eine echte Ablenkung bedeutet, sie vor Lust den Verstand verlieren zu lassen. Wenn du ihr das nicht gibst, werde ich es tun.*

Da er seinem Tier nicht die Gelegenheit geben wollte, senkte sich Blake, bis er Dawns warme, weiche Haut an seiner spüren konnte. Er nahm ihre Lippen in einem schnellen, groben Kuss und genoss, wie sie in seinen Mund stöhnte.

Er brauchte mehr als einen Kuss, daher unterbrach er ihn und küsste langsam ihr Kinn, ihren Hals und hinunter zu ihrer Brust. Ihre Nippel waren bereits angespannt und flehten ihn an, sie zu kosten, also nahm Blake einen in seinen Mund und saugte.

Dawn bog ihren Rücken und grub ihre Nägel in seine Kopfhaut, eine Erinnerung daran, wie sehr seine Gefährtin es mochte, wenn er mit ihren Nippeln spielte.

Als er leicht daran knabberte, wand sie sich noch mehr. Er musste fühlen, wie feucht sie für ihn war, fuhr mit einer Hand ihre Seite hinunter und dann zwischen ihre Schenkel. Er rieb leicht seinen Finger durch ihre Falten und knurrte gegen ihre Brüste. Sie war schon so verdammt feucht.

Er ließ von ihren Nippeln ab, küsste sie zwischen den Brüsten und wechselte zum anderen. Während er knabberte, saugte und leckte, strich er auch über ihre Scham und genoss es, wie ihre Hüften sich bei seiner Berührung bewegten.

Als er einen Finger in sie stieß, schrie Dawn leise auf. Auch wenn seine Gefährtin ziemlich gut darin war, ihre Stimme gedämpft zu halten, wollte er kein Risiko eingehen. Also ließ er von ihrem Nippel ab und eroberte ihren Mund in einem Kuss, bevor sein Finger schneller zustieß.

Sie bewegte sich im Takt zu seinen Stößen, aber bald zog er seinen Finger heraus, und sie schrie enttäuscht auf. Er ließ ihre Lippen los und murmelte: „Ich will dich nur noch ein wenig mehr quälen, bevor du kommst, Liebes."

Sie hob ihre Arme über den Kopf und spreizte ihre Beine. „Dann lass mich nicht länger warten."

Sowohl Mann als auch Tier brüllten innerlich vor Zustimmung. Was würde er nicht geben, um sie an einen abgelegenen Ort zu fliegen, sie über einen Baumstamm zu beugen und sie immer wieder rau zu nehmen, ohne dass einer von ihnen sich Sorgen machen musste, zu laut zu sein.

Sein Drache brüllte. *Bald. Aber unsere Frau wartet jetzt. Lass mich nicht die Kontrolle übernehmen.*

Blake fuhr mit seinen Händen ihre Schultern hinunter, drückte leicht ihre Brüste und wanderte dann zu ihren Schenkeln. Er spreizte sie weiter, legte seinen Kopf zwischen ihre Beine und leckte langsam ihren Schlitz hoch, genoss ihren Geschmack. Er würde nie genug von ihrem süßen Honig bekommen.

Dawn schaffte es, sich auf die Lippe zu beißen, um keinen Lärm zu machen, was ihn ermutigte, es wieder zu tun und dann noch einmal. Erst dann umkreiste er leicht ihre Klitoris, und Dawn bäumte ihre Hüften auf.

Er rieb und schnippte leicht an ihrer festen Knospe, während er einen Finger in sie stieß und bald darauf zwei. Auch wenn er ihr Lust bereitete, machte der Anblick, wie sie sich in die Laken krallte und ihren Rücken bog, seinen Schwanz noch härter.

Er würde sie in dieser Nacht mehr als einmal beanspruchen, das war sicher.

Als er das Zungenschnipsen verstärkte, erhitzte sich ihr Gesicht und Hals weiter, was ihm verriet, dass sie kurz davor war. Da er zwischenzeitlich wusste, was zu tun war, nachdem er viele ihrer Sehnsüchte kennengelernt hatte, saugte er an ihrer Klitoris, während er seine Finger härter in sie hineinstieß. Dawn stöhnte und hielt dann inne, als ihr der Atem stockte.

Ihre Pussy molk seine Finger, und Blake zog sie heraus, damit er ihren Orgasmus lecken konnte, wohl wissend, dass die schnellen Schnipser gegen ihren Eingang sie nur härter kommen lassen würden.

Sobald Dawn sich mit einem Seufzer auf dem Bett entspannte, knurrte sein Drache. *Jetzt bin ich dran.*

Blake erlaubte seinem Tier, die Kontrolle zu übernehmen, und zog sich zurück, als sein Drache Dawn umdrehte und sagte: „Du gehörst mir, Menschenfrau. Lass mich dich daran erinnern."

Dann stieß sein Drache seinen Schwanz in Dawn und nahm sie schnell und grob, und Dawn tat ihr Bestes, keine lauten Geräusche von sich zu geben.

Und so ging es anderthalb Stunden weiter. Mann und Tier wechselten sich bei ihrer Gefährtin ab und halfen ihr, die Welt zumindest für eine kleine Weile zu vergessen.

Kapitel Siebzehn

Nach den längsten zwei Wochen ihres Lebens schaute Dawn endlich zu dem Backstein- und Glasgebäude auf, in dem sich die MDA-Niederlassung in Manchester befand, und wünschte sich, dass der Tag zu ihren Gunsten verlaufen würde.

Nicht, dass sie lange Zeit gehabt hätte, um darüber nachzudenken, denn Daisy zog an ihrer Hand und fragte: „Machen wir zuerst einen Rundgang? Ich war noch nie drinnen, und ich wollte schon immer wissen, ob das MDA geheime Drachensachen hat. Du weißt schon, Gemälde oder alten Schmuck oder so, Dinge, die wir sehen können, wenn wir nett fragen."

Sie lächelte über Daisys Begeisterung. „Das ist kein Museum, Daisy. Und unser Termin ist in zwanzig Minuten, was nicht genug Zeit für einen Rundgang ist. Und, bevor du fragst: nein, auch nicht für einen kurzen."

Daisy ließ die Schultern hängen. „Okay. Vielleicht später? Ich kann zumindest fragen, ob sie eine Führung anbieten. Und wenn sie sagen, dass es nichts zu zeigen gibt, dann kann ich fragen, warum nicht. Vielleicht müssen sie ein Museum eröffnen, um Menschen dazu zu bringen, Drachenwandler mehr zu mögen. Ich wette, meine alten Mitschüler fänden das toll, und vielleicht würde es ihnen ein wenig die Angst nehmen. Das ist wirklich eine super Idee!"

Blake drückte Dawns andere Hand, und sie wechselte einen amüsierten Blick mit ihrem Gefährten. Dawn antwortete Daisy: „Vielleicht gibt es jemanden, mit dem wir einen Termin vereinbaren können, damit du später ein paar Fragen stellen kannst, aber nicht heute. Denk dran, wir müssen uns heute alle besonders gut benehmen und den MDA-Leuten alles sagen, was sie wissen müssen."

Daisy nickte. „Ich weiß. Ich habe sogar meine Liste aller Dinge mitgebracht, die ich an Stonefire mag, nur für den Fall, dass ich etwas vergesse und sie mehr Gründe brauchen."

Dawn hatte die Liste mit über zweihundert Punkten gesehen, und dachte nicht, dass das MDA-Gremium so viele Gründe brauchen würde. Aber sie musste ihrer Tochter zugutehalten, dass sie gut vorbereitet war.

Blake ergriff das Wort. „Wir sollten hineingehen. Es ist immer besser, zu früh als zu spät da zu sein."

Obwohl das Geräusch von umherlaufenden Menschen, der Straßenbahn in der Ferne oder auch nur der Autohupen Blake und seinen Drachen wahrscheinlich verrückt machte, war er an der Oberfläche ruhig und gefasst.

Er ertrug etwas, das er so sehr verabscheute, für sie und Daisy.

Dafür liebte sie ihn nur noch mehr.

Sie schob Daisy sanft. „Los geht's. Vielleicht kannst du deine Liste nochmal durchsehen, während wir warten, um sicherzugehen, dass du besonders gut vorbereitet bist."

Das würde ihre Tochter eine Weile beschäftigen, sodass sie, in welches Wartezimmer auch immer man sie bringen würde, die MDA-Mitarbeiter nicht verärgern würde. Obwohl Dawn Daisys Idee mit der Eröffnung von Museen über Drachenwandler großartig fand – eine visuelle Art, die Menschen aufzuklären –, war jetzt nicht der Zeitpunkt, das anzusprechen oder zu riskieren, jemanden zu verärgern, der über ihr Schicksal entscheiden konnte.

Nachdem sie sich am Empfang gemeldet hatten, fuhren sie mit dem Aufzug in den ersten Stock und gingen den Flur hinunter zu einer Tür mit der Aufschrift „MDA-Anhörungen und Beratungen." Die Person am Schalter hinter der Tür begleitete sie in ein Wartezimmer und teilte ihnen mit, dass ihre Anwältin, Hayley Beckett, sie im Beratungsraum kurz vor Beginn treffen würde.

Während Daisy ihre Liste durchging und

gelegentlich fragte, ob sie noch mehr hinzufügen sollte, saß Dawn neben Blake, hielt seine Hand und schöpfte Kraft aus seiner ruhigen Präsenz. Ihr Leben könnte in wenigen Minuten entschieden werden. Und egal, wie entschlossen oder willensstark sie war, das bevorstehende Treffen konnte einen riesigen Schatten auf ihr Leben werfen.

BLAKE VERSUCHTE, seine Gefährtin zu beruhigen, indem er mit dem Daumen Kreise über ihren Handrücken strich – doch sie blieb angespannt.

Sein Drache seufzte. *Natürlich ist sie das. Wenn sie ihr Daisy wegnehmen, wird sie das zerstören.*

Vor allem, da es ja nicht so war, als hätte Dawn einfach gehen und in ihr altes Leben zurückkehren können. Sie trug ein Drachenwandler-Kind, und sobald es geboren war, musste es auf Stonefire leben. Was bedeutete, dass Dawn entweder das Kind bei ihm lassen und mit Daisy nach Manchester zurückziehen oder Daisy in die Obhut ihrer Tante geben und ihr neues Baby großziehen musste.

Es war eine ziemlich unmögliche Wahl.

Nicht, dass er daran denken wollte. Sie waren vorbereitet, hatten so viel Wissen wie möglich gesammelt, um dem entgegenzutreten, und Daisys Begeisterung für Stonefire sollte zu ihren Gunsten sprechen.

Insgesamt musste es ihm und Dawn das gewünschte Ergebnis bringen.

Sein Drache sagte leise: *Vielleicht. Das MDA hat sich in den letzten Jahren verbessert, aber nichts ist garantiert bei ihnen.*

Das sagst du, aber die MDA-Direktorin, Rosalind Abbott, schuldet Stonefire etwas dafür, dass wir geholfen haben, die Drachenritter zu Fall zu bringen. Vielleicht hat Bram diesen Gefallen eingefordert.

Ich weiß nicht, ob sie diesen Einfluss hat oder sich herablassen wird, in die unteren Ränge der Abteilung einzugreifen.

Bevor Blake antworten konnte, kam eine menschliche Mitarbeiterin auf sie zu. „Es ist Zeit. Folgen Sie mir."

Sie machten sich auf den Weg vom Wartezimmer den Flur hinunter in einen viel größeren Raum. Blake achtete kaum auf die Einrichtung oder Ähnliches, weil er zwei Dinge gleichzeitig bemerkte – Hayley saß an einem Tisch und zwei Menschen an einem anderen. Einer der Menschen war besagte Tante.

Sein Tier knurrte. *Ich wünschte, sie würde hierher sehen. Dann könnten wir unsere Augen blitzen lassen und sie ein wenig erschrecken.*

So sehr auch ich das will, sollten wir wohl keinen Ärger machen. Das Personal wird jede Kleinigkeit bemerken, die wir tun.

Sein Drache schnaubte. *Dummes, menschliches Verhalten, das ich nie verstehen werde.*

Sie setzten sich alle neben Hayley, mit Daisy

zwischen ihm und Dawn. Hayley drehte sich um und flüsterte: „Halten Sie sich an unseren Plan, dann sollte alles gutgehen."

Es war das „sollte" in ihrem Satz, das ihm nicht gefiel.

Daisy nahm mit der einen seine, mit der anderen die Hand ihrer Mutter. Sie erklärte: „Wir werden gewinnen, weißt du noch?"

Obwohl die Tante nicht zu ihnen sah, bemerkte Blake ihr Stirnrunzeln. Offenbar verstand sie nicht, wie sehr Daisy Drachenwandler liebte.

Nein, die Frau wollte nur gegen die Drachen gewinnen und zeigen, wie sehr sie sie hasste. Nichts, was Stonefire oder die anderen Drachenclans taten, würde das je ändern.

Sein Tier sagte: *Ihr Verlust. Und solange sie nicht versucht, jemanden von uns zu töten, ignorier sie einfach.*

Es fiel ihm schwer zu glauben, dass die kleine Frau in der Lage wäre, einen Mordanschlag zu orchestrieren, geschweige denn es selbst zu tun.

Eine Tür öffnete sich auf der anderen Seite, und eine Gruppe von Menschen – zwei Frauen und drei Männer – kam herein und nahm ihren Platz am langen Tisch vorn im Raum ein.

Eine der Frauen setzte sich in die Mitte und sprach zuerst. „Wir sind heute hier, um über das alleinige Sorgerecht für Daisy Chadwick zu verhandeln. Die Parteien sind ihre Mutter, Dawn Chadwick, und ihre Tante väterlicherseits, Susan Miller. Erklärungen wurden von beiden Parteien eingereicht, aber das heutige Treffen wird noch stärker in unsere endgültige Entscheidung einfließen. Also, lassen Sie uns anfangen."

Und so gingen die beiden Anwälte die nächsten zwanzig Minuten über ihre jeweilige Position durch. Blake folgte nicht ganz den Feinheiten des Gesetzes, aber Dawn nutzte die Tatsache, dass sie ihre Mutter war und sie fast ein Jahrzehnt lang allein versorgt hatte, zu ihrer Verteidigung. Die Begründung der Tante war, dass ein Menschenmädchen in der Menschenwelt aufgezogen werden sollte.

Die Fragen waren so langweilig, dass sogar Blakes Drache eine Weile einschlief.

Blake selbst jedoch blieb wach und gab seiner Frau und neuen Tochter bei Bedarf seine Unterstützung. Sein Beitrag war begrenzt, was seltsam schien, wenn man bedachte, dass Daisy bei ihm und Dawn leben würde.

Möglicherweise bedeutete das, dass die Frau, die die Befragung leitete, nicht viel von Drachenwandlern hielt.

Aber Blakes Leben war bestimmt von Trial-and-Error, Fakten und Zahlen. Also schob er jede Spekulation beiseite und antwortete nur, wenn nötig. Wenn die Entscheidung negativ ausfiele, würde er helfen, einen neuen Plan zu formulieren. Denn sowohl Mann als auch Tier mussten sicherstellen, dass ihre Gefährtin glücklich sein konnte. Und Dawn wäre niemals glücklich ohne Daisy.

Also wartete er auf das Ende der Anhörung,

wenn sie vielleicht eine bessere Vorstellung davon hätten, wie ihre Zukunft aussehen würde.

Es KOSTETE DAWN jede Menge Kraft, ruhig zu bleiben und nicht im Raum auf- und abzugehen. Susan hatte kein Problem damit, ruhig dazusitzen und Fragen zu beantworten. Natürlich sah sie Daisy nur als Schachfigur für ihre Überzeugungen, nicht als Schlüssel zu ihrem Glück.

Zugegeben, Susan lag wahrscheinlich ein wenig an Daisy. Aber da sie vor diesem ganzen Debakel damit zufrieden gewesen war, Daisy ein- oder vielleicht zweimal im Jahr zu sehen, bezweifelte Dawn, dass die Verhandlungen und der Kampf aus Liebe geführt wurden.

Daisy neben sich sitzen zu haben, half mehr als alles andere, ebenso wie gelegentliche Berührungen von Blakes Fuß. Ganz zu schweigen davon, dass trotz Hayleys leicht zerzaustem Auftreten bei ihrem ersten Treffen die Frau bei den Verhandlungen hartnäckig und scharf war.

Nach fast einer Stunde deutete die zuständige Frau auf Daisy. „Und jetzt: Bist du bereit für ein paar Fragen, Daisy?"

Daisy setzte sich etwas gerader hin. Da sie nie schüchtern war, nickte sie und sagte: „Ja, Ma'am. Ich bin bereit."

Dawn lächelte über Daisys Förmlichkeit.

Die Zuständige hieß Ms. Cook, und ihre

Stimme war etwas weniger streng, als sie Daisy fragte: „Wenn du die Wahl hättest, würdest du zu deiner alten Schule zurückgehen oder bei der neuen bleiben?"

„Oh, bei meiner neuen. Mein bester Freund, Freddie, ist dort, und ich habe auch andere neue Freunde. Außerdem sind sie alle Drachenwandler, und das bedeutet, dass ich sie während der Übungszeit in ihrer Drachengestalt sehen kann. Auch wenn ich nicht wandeln kann, hilft Mr. MacLeod mir, einige andere Dinge zu lernen, da ich zurückliege."

Ms. Cook fragte: „Vermisst du denn deine menschlichen Freunde nicht?"

„Nun, ich vermisse Emily. Aber sie liebt Drachen auch. Vor allem, seit sie einen neuen Freund namens Jayden kennengelernt hat. Sie wird uns ganz oft besuchen, da bin ich sicher. Also ist es nicht so schlimm."

Die Frau stellte eine weitere Frage. „Manche Leute werden dich nicht mögen, weil du bei den Drachen lebst. Es gibt Drachenjäger, und sie töten manchmal Menschen, die Drachen mögen. Macht dir das Angst?"

Dawn öffnete den Mund, um zu protestieren – wie konnten sie ein Kind nach Mord fragen? –, aber Hayley legte beruhigend eine Hand auf ihren Arm und schüttelte kaum merklich den Kopf. Anscheinend musste Dawn die Frage zulassen.

Sie biss die Zähne zusammen und wartete ab, wie Daisy antworten würde. Ihre Tochter tippte sich kurz ans Kinn und antwortete dann: „Nein, ich glaube nicht. Bram und Kai und Nikki und alle arbeiten so hart für unsere Sicherheit. Und sie haben mir gesagt, dass ich jetzt auch zum Clan gehöre. Also werden sie alles tun, damit auch ich sicher bin. Außerdem habe ich kürzlich in der Schule viel über Drachen- und Menschenkriege gelernt. Also ist es immer wieder in der Geschichte passiert, und den Menschen geht es immer noch gut. Ich denke, das bedeutet, es wird immer passieren, oder? Solange Leute Drachen hassen, nur weil sie Drachen sind. Oder so etwas."

Ms. Cook nickte. „Vermutlich. Ich habe noch eine Frage an dich, Daisy. Alle sind jetzt nett zu dir in Stonefire, aber das könnte sich ändern. Was, wenn es einen neuen Krieg gegen Menschen gäbe und alle anfingen, dich zu hassen? Würdest du nicht wegziehen wollen?"

Dawn biss sich auf die Lippe, um die Frau nicht anzuschnauzen. Einige ihrer Fragen waren nicht kindgerecht.

Aber typisch Daisy zuckte sie nur mit den Schultern und sagte: „Nicht wirklich. Ich meine, ich habe viele schlimme Dinge über Drachen gehört, und das hat mich nicht davon abgehalten, sie sehen zu wollen. Und jetzt ist mein bester Freund ein Drachenwandler. Freddie würde mich niemals hassen. Und ich denke auch nicht, dass seine Mum oder Bram oder die anderen das tun würden. Außerdem gibt es viele menschliche Gefährten.

Auch die Drachenwandler haben festgestellt, dass nicht alle Menschen schlecht sind."

Oh, Daisy. Ihre Tochter war einfühlsam, ohne es auch nur zu versuchen.

„Vielleicht", murmelte Ms. Cook. Dann sah sie nacheinander die Erwachsenen an. „Wir haben alles, was wir brauchen. Unser Urteil erhalten Sie innerhalb der nächsten Woche."

Damit verließ das Gremium den Raum. Und ohne auch nur einen Blick in ihre Richtung zu werfen – nicht einmal auf Daisy –, verließen auch Susan und ihr Anwalt den Raum.

Wut brodelte in Dawns Magen. Die verdammte Frau wollte Daisy nur benutzen, um ein Statement zu machen. Und wenn das Gremium entschied, ihre Tochter an Susan zu übergeben, würde Dawn darüber nachdenken müssen, sich Daisy zurückzuholen und unterzutauchen.

Hayleys Stimme durchbrach ihren Rettungsplan. „Ich würde gern mit Ihnen besprechen, wie es jetzt weitergehen wird. Lassen Sie uns zum Mittagessen gehen, und ich werde Ihre Fragen beantworten."

Daisy meldete sich zu Wort. „Aber darf ich auf dem Weg nach draußen nach Drachenmuseen fragen? Ich will das nicht vergessen, und es ist etwas, das sie wirklich wissen sollten. Ich meine, natürlich nur, wenn es sie noch nicht gibt. Falls es sie noch nicht gibt, sollten sie welche eröffnen."

Lächelnd nickte Dawn. „Okay, aber nur für eine

Minute oder so, und dann gehen wir zum Mittagessen. Einverstanden?"

„Okay." Daisy stand auf und rannte zur Tür. „Auf geht's!"

Auch Dawn stand auf, und Blake trat sofort an ihre Seite. Er küsste sie und murmelte: „Daisys Teil ist ziemlich gut gelaufen."

Sie beobachtete, wie Daisy an der Tür stehen blieb und auf der Stelle hüpfte, damit sie sich beeilten. „Ist er, und das gibt mir Hoffnung."

Er zog sie an seine Seite und drehte sie zur Tür. „Lass uns jetzt erst einmal alles in Erfahrung bringen, was wir können, was zu Mittag essen und vielleicht verrate ich dir die Überraschung, die ich diese Woche für dich geplant habe."

Sie sah Blake mit gehobenen Brauen an. „Eine Überraschung?"

Er lächelte. „Ja, eine Überraschung. Und ich habe es erst erwähnt, nachdem Daisy außer Hörweite war, weil es sonst nicht lange eine Überraschung bleiben würde. Sie würde es im Nu aus mir herausbekommen."

Sie schnaubte. „Stimmt." Sie sah Blake in die Augen und berührte seine Wange. „Ich liebe dich."

„Ich liebe dich auch."

Hayley räusperte sich. „Wir sollten gehen, bevor der nächste Termin reinkommt."

Und so folgte Dawn mit großer Anstrengung Blakes Führung und gab für Daisy ihr Bestes, den Rest des Tages über positiv zu sein.

Kapitel Achtzehn

Ein paar Tage später sah Blake sich die Lunchpakete auf der Küchentheke an und nickte vor sich hin. Selbst für seine schwangere Gefährtin dürfte das Essen für den Nachmittag reichen.

Sein Drache meldete sich. *Wenn sie dann noch hungrig ist, kann sie was von unserem abhaben.*

Daisy kam in die Küche gerannt und blieb schlitternd neben ihm stehen. „Können wir endlich gehen? Ich bin bereit, und Mum auch. Wenn wir sofort losgehen, bedeutet das, dass wir mehr Zeit für deine Überraschung haben. Und da du was zu essen eingepackt hast, heißt das, es ist nicht in Stonefire. Richtig?"

Er lächelte. „Das ist eine langatmige Art zu sagen, dass du meinen Drachen sehen willst."

„Na klar, ich habe ihn ja noch nicht viel gesehen, und nicht nur ich. Mum mag ihn auch. Und bei der Sonne? Du wirst richtig funkeln."

Sein Drache grunzte. *Wir funkeln* nicht.

Doch, ein bisschen.

Sein Drache schnaubte und verstummte.

Bevor Daisy fragen konnte, was sein Drache gesagt hatte – sie tat das immer noch ständig, trotz der sanften Erinnerungen, dass man das bei Drachenwandlern nicht tun sollte –, reichte er ihr einige Lunchpakete. „Bring die ins Auto. Ich nehme den Rest, und dann können wir gehen."

Ohne ein weiteres Wort nahm Daisy ihren Anteil am Essen und rannte aus dem Raum.

Sein Drache sagte: *Wenigstens denkt sie nicht an den Sorgerechtsprozess.*

Es gab immer noch keine Neuigkeiten. Dawn hatte Schwierigkeiten zu schlafen, und das machte sowohl Mann als auch Tier unruhig. *Der heutige Tag wird sie hoffentlich ablenken. Immerhin hat sie gesagt, ihr perfekter Tag wäre sonnig und draußen.*

Schade, dass es nicht sehr warm ist.

Nun, wir tun, was wir können, angesichts dessen, dass wir im Norden Englands sind.

Daisy brüllte von der Haustür aus: „Brauchst du noch Hilfe, Blake? Mum wartet jetzt auch im Auto."

Kopfschüttelnd über Daisys Talent, jemanden mit wenigen Worten ein schlechtes Gewissen einzureden, nahm er die restlichen Lunchsachen und ging, um sich seiner Gefährtin und Tochter anzuschließen.

Da Blake nie fahren gelernt hatte, rutschte er auf die Beifahrerseite und schloss die Tür. Dawn hob die Brauen. „Nun, da du mir nicht sagen willst, wohin wir fahren, brauche ich eine Art Richtung, um loszulegen.“

Auch wenn er nicht fuhr, hatte Blake die Route oft überflogen und sich die Straßen unten gemerkt. Also gab er Dawn Anweisungen, wie sie fahren sollte, bis sie ein friedliches Tal erreichten, umgeben von Hügeln.

Sobald Dawn an einer Ausweichstelle parkte, sagte er: „Wir lassen das Essen vorerst hier. Aber bringt die Decken und Handtücher mit.“

Dawn hob die Brauen. „Es ist nicht gerade warm.“

„Vertrau mir einfach, Liebes.“

„Okay“, sagte sie, als sie aus dem Auto stieg und half, das Benötigte aus dem Kofferraum zu nehmen.

Blake führte sie einen Pfad hinunter, bis sie das Ufer eines kleinen Sees erreichten. Er deutete darauf. „Das ist mein Lieblingsplatz zum Schwimmen. Ich dachte, ich zeige dir meine Drachengestalt und tauche ins Wasser.“ Er zwinkerte und beugte sich an Dawns Ohr, sodass nur sie es hören konnte. „Obwohl du warten musst, bis ich zwischen Mensch und Drache gewandelt habe, da Daisy dabei ist.“

Sie schlug leicht gegen seinen Arm. „Angesichts dessen, wie kalt es ist, bin ich mir ohnehin nicht sicher, ob du das jetzt tun willst. Es wird etwas weniger beeindruckend sein, oder?“

„Freche Frau“, murmelte er, bevor er ihre Lippen kurz küsste.

Wie auf Stichwort stürzte Daisy in die Stille.

„Wann wirst du wandeln, Blake? Ich will wirklich deinen Drachen sehen, und helfen, ihm die Ohren zu kraulen, und vielleicht lässt du mich sogar auf deinem Rücken sitzen? Keiner der anderen Erwachsenen lässt mich das machen, und selbst bei Freddie ist es meistens schwierig. Also musst du mich das machen lassen, nur um zu sehen, wie es ist, so groß zu sein."

Er gab Dawn einen letzten Kuss und wandte sich dann seiner Stieftochter zu. „Leg die Decke auf den Boden, und dreh dich weg. Erst dann werde ich wandeln."

Daisy warf die Decke auf den Boden, ohne darauf zu achten, ob sie flach lag, und ließ sich darauf fallen, den Rücken zu ihm gewandt. „Bereit!"

Er lachte leise und zog langsam seine Sachen aus. Nachdem er Dawns Wange ein letztes Mal berührt hatte, ging er weit genug weg, um die Gestalt zu wechseln.

Seine Flügel sprossen aus dem Rücken, seine Beine und Arme wuchsen, und sein Gesicht verlängerte sich zu einer Schnauze. In weniger als einer Minute stand er in seiner weißen Drachengestalt da.

Mit einem kleinen Knurren ließ er seine Familie wissen, dass er fertig war.

Daisy war innerhalb von Sekunden an seiner Seite. Sie tätschelte seine Schuppen. „Du bist so glänzend, Blake. Du funkelst wirklich, mehr als die anderen Drachen."

Dawn biss sich auf die Lippe, um nicht zu lachen.

Doch Daisy ging an seiner Seite entlang zu seinem Schwanz. Sie rief: „Da ist er! Alle reden von deinem Fleck, aber er ist gar nicht so groß, oder? Oder so besonders. Ich meine, er funkelt nicht so sehr wie deine weißen Schuppen. Also weiß ich nicht, warum alle so viel Aufhebens darum machen."

Und als sie seinen Fleck berührte, spannte Blake sich nicht an oder verspürte das Bedürfnis wegzulaufen. Dawn und Daisy waren jetzt seine Familie, und er wollte diesen Teil von sich mit ihnen teilen.

Sein Drache meldete sich zu Wort. *Vielleicht ist es dir jetzt egal, dass alle anderen diesen verdammten Fleck für was Besonderes halten.*

Mit der Zeit, ja. Immerhin, sobald das Baby geboren ist und etwas heranwächst, müssen wir ihm oder ihr beim Wandeln helfen. Und wenn dieser Moment kommt, wird es wichtiger sein, unserem Kind zu helfen, als ein paar Umstehende.

Gut. Obwohl ich hoffe, es dauert nicht so lange. Ich würde gern mehr fliegen und wandeln, ohne mir Sorgen zu machen, ob der Landeplatz leer ist oder nicht.

Dawn trat zu ihm und unterbrach sein Gespräch mit seinem Drachen; er senkte den Kopf, und sie verlor keine Zeit, ihn hinter seinen Ohren zu kraulen.

Daisy schloss sich bald an und überredete ihn

sogar, sich hinzulegen, damit sie auf seinen Rücken klettern konnte.

Die nächste Stunde verging wie im Flug, und alle vergaßen, was in der Zukunft passieren könnte. In diesem Moment ging es ihnen nur darum, Spaß zu haben und eine Erinnerung für ihre neue Familie zu schaffen. Nichts anderes zählte.

DAWN WUSSTE, dass Blake den Tag geplant hatte, um sie abzulenken, und es funktionierte.

Er hatte sich an ihr albernes Speed-Dating-Event erinnert und ihre Antwort über ihren perfekten Tag. Zugegeben, es war nicht so warm, wie sie es gern gehabt hätte, aber als Daisy quietschte, weil Blake in seiner Drachengestalt in den See sprang, war es noch besser, als sie es sich hätte vorstellen können.

Auch wenn alles noch neu war, waren sie doch schon eine Familie. Eine, die sie nie loslassen wollte.

Sie beobachtete, wie Blake verschiedene Kunststücke im Wasser machte, die meisten auf Daisys Wunsch hin, und konnte nicht anders als zu lachen.

Sie hatte keine Ahnung, wie viel Zeit vergangen war, als ein anderer Drache in Sicht kam. Dawn war noch nicht so gut darin zu erkennen, wer das violette Tier war, aber es landete, faltete seine Flügel und schaute von Blake zu Daisy und wieder zurück.

Blake stieß Daisy zu Dawn, und sie verstand,

was er wollte. Der violette Drache musste wandeln, und wenn Dawn nicht damit einverstanden war, dass Daisy in der Nähe von zwei nackten Erwachsenen war, musste Daisy wegsehen.

Auch wenn Dawn wusste, dass sie sich irgendwann an die Vorstellung von nackten Fremden gewöhnen musste, wegen des Wandelns und ihres eigenen Halbdrachenkindes, war sie noch nicht ganz so weit. Also ging sie zu Daisy und drehte sie weg von dem Paar, während sie sagte: „Lass sie wandeln, damit Blake sehen kann, was der violette Drache will."

„Ich wette, es ist Nikki. Sie macht gern diesen extra Flügelschlag, wenn sie landet."

Dawn strich etwas Haar aus Daisys Gesicht. „Du bemerkst wirklich alles, wenn es um Drachenwandler geht, oder?"

„Natürlich. Sie sehen nicht alle gleich aus, auch wenn die Leute das sagen. Genau wie Menschen haben sie kleine Unterschiede."

Blakes Stimme hinderte sie daran zu antworten: „Kommt her, Dawn und Daisy. Nikki hat Neuigkeiten."

Als sie sich umdrehten, bemerkte Dawn, dass Nikki bereits wieder in ihrer Drachengestalt war. Die Frau war schnell.

Während sie mit Daisy zu Blake eilte, bemerkte sie, dass er seine Hose trug, aber sonst nichts. Normalerweise würde sie den Anblick genießen, wie das Wasser seinen Brustkorb hinunterlief, aber im

Moment war sie mehr an den Neuigkeiten interessiert. „Was ist es?"

Er nahm ihre Hand und Daisys. „Das MDA hat entschieden, dass Daisy in Stonefire bleiben darf, vorausgesetzt, es gibt regelmäßige Kontrollen, und ihre Tante darf sie ein paar Mal im Jahr sehen."

Dawn wollte nichts mit Susan zu tun haben, aber sie würde das akzeptieren, wenn sie dafür nicht Daisy für immer verlor.

Sie drückte ihre Tochter an ihre Seite und sagte: „Du bleibst bei mir, Daisy!"

„Nicht nur bei dir, sondern bei uns allen. Wir sind eine Familie, oder? Blake sagte, er wird nicht gehen, und ich muss nicht gehen, also können wir zusammenbleiben und eine Familie sein."

Dawn lächelte. „Ja, das können wir." Während sie Daisy erneut an ihre Seite drückte, begegnete sie Blakes Blick und versuchte ihr Bestes, die Tränen wegzublinzeln. „Aber das ist nur unsere kleine Anfangsfamilie. Wir werden wachsen und bald mehr zum Lieben haben."

Daisy meldete sich wieder. „Das wird toll sein! Nun, solange ich nicht die ganze Zeit babysitten muss. Aber stellt euch nur vor − ich kann seinen oder ihren kleinen Drachen zuerst sehen. Und meinem Bruder oder meiner Schwester helfen zu lernen, wie man ein Drache ist. Ich weiß, ich bin keiner, aber wenn ich fleißig lerne, kann ich helfen. Das machen große Schwestern."

„Ja, das tun sie."

Und während Daisy weiter über all die Dinge

sprach, die sie lernen und ihrem neuen Geschwisterchen beibringen wollte, lächelte Dawn Blake nur an und vermittelte mit ihren Augen, wie glücklich sie war. Nicht nur würde sie ihre Tochter bei sich haben, sondern sie hatte auch eine zweite Chance im Leben mit Blake und ihrem neuen Baby.

Dawn war noch nie glücklicher gewesen und freute sich auf alles, was die Zukunft bringen mochte.

Epilog

20 Monate später

Dawn beobachtete, wie Blake und Daisy versuchten, die kleinen Partyhüte auf die Köpfe ihrer Zwillingsjungen zu setzen. Doch sobald einer Jasper den Hut aufgesetzt bekam, schlug Theo seinen wieder herunter – und umgekehrt. Und umgekehrt.

Dennoch, dass Blake und Daisy es immer wieder versuchten, nur damit sie das perfekte Foto machen konnte, wärmte ihr Herz.

Auch wenn der erste Geburtstag der Zwillinge schon für sich genommen etwas Besonderes war, gab es einen weiteren Grund, warum Daisy und Blake sich so anstrengten. Immerhin würden sie in ein paar Monaten noch ein Kind in ihrer Familie haben, und sie wollten ihre drei derzeitigen Kinder bis zur letzten Minute verwöhnen.

Sie widerstand dem Drang, eine Hand auf ihren Bauch zu legen – sie brauchte schließlich beide, um das Handy zu halten. Doch während die Drachenwandler-Population eher männlich war, hoffte Dawn insgeheim, dass sie noch eine Tochter bekäme.

Daisy und Blake schafften es endlich, die Hüte aufzusetzen, und traten schnell zur Seite. Daisy rief: „Jetzt, Mum!"

Und so machte sie ein paar Fotos mit ihrem Handy, bevor die Hüte wieder auf dem Boden landeten.

Lachend ging sie auf ihre Jungs zu. „Hey, ihr zwei solltet glücklich sein – Daisy wollte Hüte mit extra Glitzer und Federn."

Daisy ergriff das Wort. „Na ja, ich war mir nicht sicher, wie genau man Drachenflügel macht. Und dann sagte Blake, sie wären sowieso zu spitz und scharf, also bin ich eigentlich einen Kompromiss eingegangen."

Ihre Tochter war fast dreizehn, und doch war Dawn immer wieder überrascht, wie viel erwachsener sie von Tag zu Tag klang. Während sie Daisy an ihre Seite drückte, antwortete sie: „Die Hüte sehen großartig aus, Daisy-Liebes. Es ist fast wie ein Mini-Aquarium auf ihnen."

„Nun, Jasper und Theo mögen es, wenn Blake im See in seiner Drachengestalt schwimmt. Und ein See war zu groß, um auf einen Hut zu passen, ganz zu schweigen davon, dass die Fische im Meer interessanter sind, also habe ich einfach meiner Fantasie freien Lauf gelassen."

Blake zog einen der Cupcakes gerade außer Reichweite von Jasper. „Ich denke, wir sollten jetzt die Kerzen anzünden, oder es gibt keine Cupcakes mehr, um ‚Happy Birthday' zu singen."

Dawn schnaubte. „Drachenwandler-Jungen essen *wirklich* viel." Sie legte eine Hand auf ihren vorstehenden Bauch. „Wenn das auch ein Junge wird, brauchen wir vielleicht eine größere Küche, wenn wir sie alle füttern wollen."

Daisy meldete sich zu Wort. „Ich finde immer noch, du solltest es jetzt einfach herausfinden, Mum. Das Warten würde mich umbringen, wenn ich schwanger wäre."

Sie neigte den Kopf. „Das ist Drachenwandler-Tradition, Daisy. Ich dachte, du wärst begeistert, dass wir ihr folgen?"

Ihre Tochter runzelte die Stirn. „Normalerweise, ja. Aber fast neun Monate zu warten ist einfach zu lang."

Dawn lachte und ließ ihre Tochter los, um Blake mit den Cupcakes zu helfen. „Sei einfach dankbar, dass du kein Drachenwandler bist, denn dann müsstest du sechs oder sieben Jahre warten, um deinen inneren Drachen kennenzulernen."

„Ich schätze schon. Aber ich kann mich nicht an viel erinnern, als ich so klein war. Also denke ich, es ist nicht so schwierig, wie wenn man älter ist."

Blake grunzte. „Das kommt darauf an. Ich habe

einige Dinge, die ich seit Jahren ausprobiere und immer noch nicht herausgefunden habe."

Daisy schüttelte den Kopf. „Ich könnte nicht so lange warten! Ich schätze, dann kann ich wohl keine Wissenschaftlerin werden."

Jasper beugte sich vor und schaffte es, den Rand des Cupcakes zu erreichen. Dawn klatschte in die Hände und sagte: „Wir reden später über Geduld. Jetzt lasst uns die Kerzen anzünden und ‚Happy Birthday' singen."

Blake zündete die Kerzen an, und während alle drei ‚Happy Birthday' für Jasper und Theo sangen, konnte Dawn nicht aufhören zu lächeln. Und nicht nur, weil sie jetzt die große Familie hatte, die sie sich immer gewünscht hatte.

Es würde später am Tag eine noch größere Party geben, mit Sasha und einigen anderen Müttern und Kindern. Dawn war nicht mehr allein mit Daisy, sondern jetzt eine liebende Gefährtin, mit mehr Kindern und mehr Freunden, als sie zählen konnte.

Und alles wegen eines Kussunfalls vor fast zwei Jahren. Ihre zweite Chance hatte mit einem Knall begonnen, und Dawn war entschlossen, ihr Happy End für den Rest ihres Lebens zu behalten.

Dem Drachen Vertrauen

STONEFIRE DRACHEN #14

Endlich geschieden und frei von ihrem miesen Ex-Mann freut sich Sarah MacKintosh Carter darauf, beim schottischen Drachenclan ein normales Leben zu führen. Doch dann erhält sie einen Brief, in dem steht, dass sie dreißig Tage Zeit hat, sich mit einem Drachenwandler zu paaren – andernfalls muss sie in eine Menschenstadt zurückkehren. Und wenn sie geht, weiß sie, dass ihre ehemaligen Schwiegereltern alles ausführen werden, das Sorgerecht für ihre Söhne an sich zu reißen. Also beginnt der Countdown: Sie muss einen Drachenmann finden, der bereit ist, sie zu paaren. Es gibt nur eine Regel – sich nicht zu verlieben, damit sie ihr Herz schützen kann.

Hudson Wells kann die Frau nicht vergessen, der er vor zwei Jahren zufällig begegnet ist – sie ist die Einzige, die er seit dem Verlust seiner verstorbenen Gefährtin in seinem Leben und in seinem Bett haben wollte. Als sich die Gelegenheit ergibt, Sarah als seine Gefährtin zu beanspruchen, meldet sich Hudson freiwillig. Nun muss er sie nur noch überzeugen, ihn zu wählen. Trotz der Tatsache, dass sie geschieden ist, entdeckt Hudson bald, dass Sarah vernachlässigt wurde, also macht er es sich zur Aufgabe, ihr zu beweisen, wie begehrenswert sie wirklich ist.

Während Hudson alles daransetzt, Sarah zu beweisen, wie leidenschaftlich sie im Bett miteinander sind – und wie gut sie als Elternteam funktionieren könnten –, holt ihre Vergangenheit sie ein. Nicht nur bedroht sie einen ihrer Söhne, sondern sie könnte auch die Zukunft zerstören, nach der Sarah sich jetzt mit Hudson sehnt. Wird sie diesmal einen Weg zu einem glücklichen Ende finden? Oder verliert sie am Ende alles, was ihr wichtig ist?

Die Entdeckung des Drachen

Das Streben des Drachen

Das Drachenkollektiv

Die Chance des Drachen

Die Erinnerung des Drachen - erscheint demnächst

Stonefire Drachen Universum

Skyhunter gewinnen

Snowridge Verwandeln

Die Gefährten der Tahoe-Drachen

Die Wahl des Drachen

Das Bedürfnis der Drachenfrau

Ein Drache zum ersten, zum zweiten…

Die Bürde des Drachen

Die Schwäche des Drachen

Der Fund des Drachen

Die Überraschung des Drachen - erscheint demnächst

Die Zusammenkünfte der Drachenclans

Sommer in Lochguard

Über die Autorin

Jessie Donovan hat mehr als eine halbe Million Bücher verkauft, Hunderttausende weitere kostenlos an ihre Leser*Innen verschenkt und es sogar auf die Bestsellerlisten der *NY Times* und *USA Today* geschafft. Sie ist vor allem für ihre Drachenwandler-Serie bekannt, schreibt aber auch über Elfenhexen, Vampire, Alien-Krieger und hat sogar eine verrückt-komische Liebesromanreihe aufgelegt, die in Schottland spielt. Wenn sie nicht gerade ein Buch liest, auf ihrem Laufband joggt oder mit nur wenigen Groschen in der Tasche durch ein fremdes Land reist, findet man sie oft auf Facebook oder TikTok, wo sie mit ihren Lesern interagiert. Sie lebt in der Nähe von Seattle. Dort regnet es zwar oft, doch der Regen macht auch alles grün.

Besuchen Sie ihre Website unter: www.JessieDonovan.com